光文社文庫

極め道

爆裂エッセイ

三浦しをん

光　文　社

My favorite way
by
Shion Miura

First published 2000 in Japan by Kobunsha Publishers, Ltd.
This book is published in Japan by direct arrangement with
Boiled Eggs Ltd.

まえがき

この本に載っている文章は、「ボイルドエッグズ・オンライン」というウェブマガジンに発表したものに手を加えたものです。毎週一回の連載として一九九八年十一月に始まり、さしたるコンセプトもないままにダラダラと五十年ばかり続き、さすがに私ももうネタがないなあというときに、ありがたくも本にしてやろうとお声をかけていただき、喜びに打ち震えておる次第です。

「さしたるコンセプトもなく」と言いましたが、実はそれは少し嘘で、「いかにしてダラダラしつつ本（漫画）を読み、身近な出来事に楽しみを見いだすか」というのが命題と言えば命題です。ていうか、生来のグータラのせいで、いつのまにか、「今日は一日炬燵《こたつ》でせんべい食べた。うまかった」みたいな内容になっていってしまったのですが。

そうは言っても生活はしなければならないのが辛いところで、連載が始まってから現在までの約一年半で、アルバイト先が二回変わりました。しかし当分はこのまま落ち着くことでしょう。今のアルバイト先の皆さま、どうもありがとうございます。その前に雇ってくださった二つのアルバイト先の皆さまにもお礼申し上げます。

ここまで読んで、「これ、まえがきじゃなくてあとがきじゃないの」と怪訝《けげん》に思われた方もいらっしゃるでしょう。そうです、グータラここに極まれり。まえがきでありながらあとがきの内容も持つものを書いちゃえば一石二鳥。そういうみみっちい計算が働いたのさ。しかし、まえがきでは書ききれないくらいお礼を言わなきゃならん人がいて、それこそオスカーを手にしたのかしら私は、ってぐらいの勢いなので、それは改めてあとがきのほうで述べます（やっぱりあとがきも書くのか……）。ちゃんと涙で声を詰まらせたりしつつ。

極め道　目次

まえがき 3
正直は美徳か？ 13
視線の行方 17
眠れぬ夜に 22
女の友情 27
パスポートを取得する（予定） 32
秘孔《ひこう》を突かれる 36
台湾《たいわん》対談 40
台湾ってどんなとこ？ 48
裏街道をゆく 52
縄文《じょうもん》文化考 57

溺れるのも辞さず　61
生きものの記録　66
トラキチ　70
悲しみの女王　75
清廉潔白《せいれんけっぱく》が善だとは、俺は思わぬ　80
恋横車生花実成上（恋の横車生きて花実の成り上がり）　85
言葉の探偵　90
自分語入門　95
反則技　102
ホモ小説入門　110
星って見えすぎると気持ち悪い　116
極め道　121
身代わり少女幻想　127

「大草原の小さな家」って言うけど、充分大きい家だよ、屋根裏もあるし　133
カバのカバカバ・コアラのコアコア・ライオンのライニーちゃん　138
馬○につける薬　144
ニキビのせいで真っ赤なお鼻なの。もういや（自分が）　149
動かざること山の如し（私の腸の旗印）　155
なんぞ我を見棄て給《たも》うや？　160
青衣の花嫁　165
猫の呪い　171
鋼の人　180
禁忌《きんき》を破るのは情熱でなければならぬと願う私は真面目なロマンティスト　186
予知夢　191
花盛りの山　198
本屋で君を待っている　205

毛ガニくん　210
「臆面がない」って許しがたい罪悪だ　216
そして芸能プロダクションの名前は『ゲッセマネの園』　221
あとがき　228

極め道

正直は美徳か？

先日、「どうして女の子のほうが男より、かわいい子や綺麗な子が多いんだろ」と友人（♂）が言うので、「そりゃあ、女の方が外見に気をつかうからよ」と答えた。「そっかー、化粧もあるしなー」と友人は納得していた。

しかし重要なのは、どうして女の方が外見に気をつかい、化粧をすることになっているのか、ということなのだ。

というわけで、まずは「見る、見られる」の関係における、男と女の深い河について書いてみたいと思うのだった。

そう、忘れもしない。あれはまだ私が中学生の時だ。冬で、文化祭の準備かなんかがあって、もうすっかり遅い時間に私は家路につくことになった。あたりは薄暗くて、街灯がついていた。墓のある、木が生い茂った坂道を私はせっせと上りながら、「あー、やだなー、怖いなー」と思っていた。

すると！　薄暗い中、向こうから若い男がやってくるではないですか。しかもその人は、革のジャケットに革のパンツと全身まっくろで、暗いというのに色の濃いグラサンをかけていた。純情な私は、「ヒエー、この田舎（いちおう東京だけど）に、なんであんなロッカーみたいな人がいるのー」と脅《おび》え、うつむいてすれ違おうとした。私の中では、革ジャン着ていいのは、群馬出身のバンドの人だけだったし。

私たちは、ちょうど街灯の下ですれちがった。と、彼はおもむろにグラサンをずらし、私を一瞥《いちべつ》して、

「ブス」

とのたまい、行き過ぎていった……

おい、ちょっと待てやコラァ。なめとんのかワレ。とは言えず、私はそのまま黙々と歩きつづけた。頭の中では、

「『臼』『ボス』『押忍《おす》』……ちがう、やっぱり『ブス』と言ったとしか考えられないわ」

と、わけのわからぬ思考がグルグル渦巻いていた。そりゃあ私は、可愛いと言われたことはなく、どちらかと言えばブスでしょうよ（書いててむなしくなってきた）。

でも、なぜ通りすがりの、面識もない、氷室京介《ひむろきょうすけ》を百万倍かっこ悪くしたみたいな兄ちゃんにまで、「ブス」と言われなきゃなんないのよ！　しかもご丁寧にも、グラサンをずらして人の顔を見てから言うなんて！

今だったら殺してやるのだが、あの頃はまだ子供だったから、なんだか悲しみより脱力感がおそってきて、腹が減ったから家に帰っていつもどおりパクパクご飯を食べちゃった。だから美しくなれないのかもねー。ここで拒食症とかになるくらいの繊細さがほしいわ。

でも、もしかしたらあのグラサンは、「性格ブス」を見抜く秘密の道具だったのかも。確かに私は性格はブスだ（性格も、だろ）。だって、Y新聞の試験で、試験官の社員が「ゴミのフンベツ収集にご協力ください」と言っているのを聞いて、

「ゴミに『フンベツ』はないでしょ、ゴミは『ブンベツ』するもんでしょ」

とすかさず突っ込み、居合わせた友人をして「小姑《こじゅうと》みたい」と言わしめたもんね。これってまごうかたなき性格ブスよね。そう、ブスなのはあくまで性格だけなのよ、オホホ。外見がブスよりは性格がブスのほうがなんぼかマシだわ。やっぱりあのグラサンは「性格ブス発見機」だったのだ。そう思おう。もう、ドラえもんったら、罪な

道具を持ってるんだからー（いつのまにドラえもんの持ち物になったんだ。じゃああの革男はのび太か）。

ありゃ、すっかり前フリが長くなっちゃった（なんと前フリだったのだ）。そういえば、「見る、見られる」について書こうとしてたのであった。ブス話はどうでもいい。クールダウンだ、俺様。

つまり、こういうふうに見ず知らずの男にすら「ブス」とか言われてると、やっぱり少なからず、「見られる」恐怖ってのに敏感になってきちゃうと思うのだ。男の人だって、特に最近は「見られる」ことを意識するようになったと思うけど、やはり「見られる」対象だったのはずっと女だったわけで、だから化粧とか発達したんだと思う。それで、「見る、見られる」の男女の深い断絶は、漫画の読み方にも現れるのだ、ってことを、伊藤潤二《いとうじゅんじ》の漫画を例にして考えてみようではないか。

でも、残念ながらスペースが足りないわ。革男への怒りが激しかったから。じゃ、伊藤潤二は次回のお楽しみ、ってことで。

視線の行方

前回は、見ず知らずの男から突然「ブス」とか言われちゃう女は、「見られる恐怖」につい敏感になりがち、というところで話が終わってしまった。まったく、ただ歩くのすら油断がならぬ。

さて、「見る」側にいるか「見られる」側にいるかで、漫画の「読み方」にも違いが現れる、という例を、伊藤潤二の漫画を通して考えてみたい。

伊藤潤二は、『ハロウィン』で活躍してきた漫画家で、繊細で神経質な絵柄が人気である。最近では『週刊ビッグスピリッツ』でも連載していたので、ご存じの方も多いだろう。『ハロウィン』という雑誌名でおわかりかと思うが、彼が描くのはホラー漫画で、絵が上手なだけに、本当に怖い。彼のコミックスがいつのまにか部屋にすべて揃っていたりして、「ええーっ、こんなに買ったっけ？　夜中に自己増殖したのでは……」と、またまた怖いくらいだ。

特に「視線」が、作品の重要な要素になっているものがあり、中でも『サイレンの村』（朝日《あさひ》ソノラマ）という作品集に入っている『道のない街』というのは傑作なので、未読の方はぜひどうぞ。

ああー、やだ。夜なのに手に取っちゃったよう。こわいんだよー。ヒエー、見たくないのにページを開いちゃうのよねー。ウギャー……だめだ、ほんとに怖い。

もう怖くて泣きそうっていうか、すでにちょっと涙がチョチョぎれてんだけど、それほど私が怖がっているのは、作品集『路地裏』に入っている『ファッションモデル』という作品。これを取り上げて、「視線」について考えようとしてたんだけど、まともに読み返せない。これは本当に私にとっては怖すぎる話で、実は『ファッションモデル』と書くのも嫌だし、口に出すのも嫌なのである。

どんなストーリーかというと、主人公の男はある日、何げなく手に取ったファッション雑誌のモデルの中に、一人だけすさまじく醜悪、というよりは人間じゃない顔の女を見つける。それで、こんなのがモデルなのか、ってゾッとするんだけど、その顔が頭からはなれない。そうしたらその女が、主人公のサークルで作る映画に女優として応募してきちゃったわけ。しかもどうもその女は主人公を見つめてくる。気があるらしい。それで山に撮影に行くんだけど、あとは恐怖漫画お決まりのパターン。

　この作品はとにかく、このモデルの造形がホントに生理的に怖いってことと、そんな女に主人公が見つめられる恐怖、ってところがうまい。でも、これって恋ではなかろうか。描いている内容は実は恋だと思う。主人公は一目彼女を見ただけで、その顔が脳裏に焼き付いてしまう。彼女も彼のことを一心に見つめ続ける。もし彼女の顔が人間とは思えぬような怖さじゃなかったら、これは恋の話になるよねえ。

　それで、私がどうしてこれほどこの作品を怖がっているかってことに、いよいよ話は移る。私はなぜこの話にこんなに怯えるんだろうと、自分でも不思議で考えていた。そしてある日、知り合いの男性と、この漫画について話すことがあって、私ははっきりと自分の恐怖の原因を知った。

　知人は言った。「この漫画こわいよねー。こんな女に追って来られたらどうしようと思うよ」と。

　ちがう。と私は思った。私が怖かったのは、化物に追われることじゃない。

　もし自分が化物のように人の目に映っていたらどうしよう、と怖かったのだ。もし、恋をしている相手に、こんなふうにおぞましく、醜い生き物として見られたとしたらどうしよう、と。その恐怖で私はこの作品をまともに読み返せないのだ。

彼女は主人公の男をジッと見つめ、可愛らしい女の子を嫉妬で食い殺す。彼女が醜いから、彼女は化物なのだ。もしも可愛かったらもうちょっと普通の恋物語に近づくはずなのに。

私は、自分がこんなふうに「化物」と見られていたらどうしよう、という恐怖をこの漫画から感じるのだ、と知人に説明した。でも、彼にはうまく伝わらなかった。ただ自意識過剰の女ととられただけで。しかしそこにはやはり、知人が男で私が女であるという違いが、少しは関係していると思われるのだ。彼は常に女を「見る」立場だった。そして女は「見られる」立場にあるのだ。視線を恐怖するのは、外見を気にして化粧するのは、たぶん女性に多いだろう。

もちろん性の違いで物事を単純に二つに分けるなど、馬鹿げたことだ。現に伊藤潤二は「見る」恐怖も「見られる」恐怖も、そして両者が混然となった恐怖すらも、見事に描き出している。だから、あくまで傾向として、ということだ。

ただ、私は思う。男の子に対しても、女の子に対しても、可愛い可愛い、蝶よ花よと接してほしい、と。そうなれば、視線は人を傷つけなくなる。人をおびやかし、化物に変えてしまうものではなくなるはず。

聞いてる、革男？　可憐な女の子に向かって「ブス」とか言うんじゃないわよ、失礼しちゃうわね。いつか、恐ろしい化物に追いまわされるはめになるわよ。

と、世の革男に呪いをかけたところで終わる。情念てんこ盛りの幕開けで先が不安なのであった。

眠れぬ夜に

『眠れぬ夜の奇妙な話』、略して『ネムキ』か……。朝日ソノラマに乾杯。ていうか完敗だよ、ホント。『デザート』が「食後の茶菓」じゃなく、「砂漠」だとしたら、講《こう》談社《だんしゃ》にもシャッポを脱ぐんだけどね、おいら。ところで『デザート』を「常磐線とわたし」から立ち読みするのって、漫画読者道的にOK？　コジャレじゃない？　よかった。あれ面白いんだもん。

あーあ、私ったら誰と話してるつもりなんだろ。この寂しさの原因は何？　目の下に小ジワができてるのを発見してしまったせい？　ちょっと、どうしよう。まだ眠れないなんて。「漫画雑誌名について」とか、人生に何のプラスにもならないようなことまで考え尽くしたのに、一体眠りの妖精はどこに行っちゃったのかなあ。早く私の目にミルクを垂らしてくれないと。

眠れない夜に、他の人は何を考えるのかしら。きっとそれぞれ、必ず考えてしまうことって決まっているはず。私はルトガー・ハウアーの事を考えちゃうんだよなー。たぶん日本で、私くらい頻繁にルトガーの事を考えている人間はいないよ。関根勤《せきねつとむ》にも負けないくらい、ルトガーのファンだもん。

『ブレードランナー』でハリソン・フォードを追いかける姿も、『ヒッチャー』でC・トーマス・ハウエルに吐きかけられた唾を嬉しそうになめる姿も、『レディホーク』でマシュー・ブロデリックの襟首を摑んで馬上に抱き上げる姿も、どれもとても素敵。うっとり。

『Mr．STICH』において、すっかり老いぼれて歯も抜けちゃってる（しかも太ってる）ルトガーを久々に拝見したけど、私の愛に変わりはないことを確認できただけで満足。

どうしたらルトガーと会えるかしら。彼、どこに住んでるのかな。ロスとかでバッタリ遭遇したら、なんて言えばいいんだろう。「サインください」って、「プリーズ・サイン・ヒア」で良いんだろうか。宅配便屋と間違われないだろうか。できたら握手してもらおう。そして状況が許せば、筋肉に触らせてもらおう。あ、でも彼もう年取ったからプニョプニョか……。待てよ、こんなうら若き乙女が、十年近くも自分のフアンだって知って、感激のあまり向こうから抱き締めてくる可能性も大だわね。

ウヒョー、アドレナリンが出るざんすー。興奮してきちゃったよ。眠れんー、ますます眠れんー。こうなると足の裏がカーッと熱くなって、眠りはさらに遠ざかってしまう。でも大丈夫。そういうときは布団から脚を出して冷やしつつ、落ち着いて「島」のことを考えればいい。「島」……それは私の中にある。

海か山かと問われれば即座に海と答えるのだが、それというのも、道なき道を征服しつつ高所を目指すより、水に漂うクラゲとなっているほうが断然私の性に合っているからであり、現実にも様々な島に行くのを楽しみにしているのだが、水に関連した夢もよく見る。そしてある時、私の夢を製造する場所が、どうやら私の中の「島」らしいということに気づいたのであった。それとも、夢に見た場所が寄り集まってできたのが「島」なのだろうか。

「島」のあちこちに、これまで夢で見たことのある懐かしい風景が広がっている。一瞬のうちに霧が立ちこめ、埠頭で黒人がバスケットボールをする朝の入り江。秘密の工場へと続いている澄んだ用水路。海沿いの坂道にある乾燥した無人のマンション。ベランダも何もない、いきなり空中に放り出されそうな気のする十四階の窓。追いつめられて地上を覗き込むと、こんもりとした木々と池の水面が見える。

他にもいろいろと禁断の場所もあるが（××××を×とした風呂場とか、床がびっしょり濡れている手術室とか）、そういう「島」のあちこちを随意にたどる。目を閉じれば「島」を好きにまわることができるから、こんな安上がりな遊びもない。そうこうするうちにいつのまにか本当に夢の世界に旅立って……という塩梅《あんばい》になるはずだったのに、今夜は失敗した。『夢の島（成分：ゴミ）』にはユーカリが生えてるんだよなあ、たしか」と思考がそれてしまった。くうう、さらば眠りよ。永遠に。

あれ、もう牛乳屋さんが来た音がする。牛乳屋のご主人は、とても人当たりがよいけれど、眼鏡の奥の目は何やら油断がならぬ感じだ。彼が夜な夜なUFOを呼び寄せては、善良な宇宙人（ツルリとしている）を引きずり出し、生きたまま解剖を試みたりしていたとしても、私はちっとも驚かない。いや、彼自身が宇宙人だとしたら？そう考えると、すべての辻褄《つじつま》が合う。前に私が、友人に借りた漫画を返すために、四角くて固い小さな紙包みにして、宅配便を頼みに行ったことがあった。そうしたら牛乳屋の親父は言ったのだ。

「あー、衣替えの季節だからねえ。実家に衣類を送るんだね？」

と。あれはまだ、地球の物質に慣れていなかったが故の発言だったのだ！　彼の星では、衣類は四角くて固い、本のような形状なのであろう。おおー、夜が明けたら至急たま出版《しゅっぱん》のN沢さんに連絡を取らねばならぬ。

……またどうでもいいこと考えちゃった。もうやだ。眠れないー。

女の友情

この間、怖かったのだー。ある古着屋を見てたら、そこの店員の会話が耳に入った。

「ねえねえ、プラダ（「カレシ」と同じく、平板な発音で）のちっちゃいポーチ、かわいくない？」

「えっ、なにそれー」

「だから、プラダの（平板）」

「ああー、『プラダ』か。あたしはまた、『プラダノ』っていう、あたしの知らないブランドがあるのかと思っちゃったよ（訳：この田舎もんが！　訛《なま》ってんだよ、あんた）」

「あははー（すごく乾いてる笑い）。（訳：ゴルチエでもヴィヴィアンでも、平らに発音するのがファッション業界の基本なのよ。イケてないわね、この女）」

スクランブル、スクランブル。総員退避。すっごく意地悪。絵に描いたような女の戦いが始まっちゃったよ。むちゃくちゃ働きづらそうな環境だなあ、と思いながら、火花散る中をそそくさと退散いたしました。フウ、くわばらくわばら。

それにしても、こういう底意地の悪い「女同士の会話」を聞いてると、世間で言われるように「女の友情」って無いのかなあとちょっと弱気になりもする。かくいう私は女子校だったのだが、「なんか用があったら呼んで」「おう」っていう、割とあっさりした友情を志してきたつもりだ。いわば、ほら、「俺の目を見ろ、何も言うな」の『兄弟仁義』の世界だね。男気に溢れてるなあ。

でも女同士の友情に男気が溢れるというのも妙。「女の友情なんてありえない」っていう風説を意識しすぎて、任侠道を模すようになったのかな。だとしたら皮肉なことだわ。

というのは、私は最近、ヤクザ映画とか『サンクチュアリ』などに代表されるいわゆる「男の友情」って、「俺はゲイにはなりたくないんだよねー」と言いながら女をできるだけ排除して、単性の世界でぬくぬくしたい、という「腰抜け隠れ同性愛」なのだと考えるようになったからだ。それでいくと私も、「男の友情」を志向して「理想の女同士の友情」を組み立てようとした時点で、「腰抜け隠れレズビアン」のはしくれになってしまうわけなのです。おやおや。

まあ自分の性向もわかったところで、ちょっと女子校漫画でも読んでみるかのう。どれどれ、漫画の山から引っ張りだして、と。おお、あるある。パッと見ただけで三つの女子校物漫画を発見。『純情クレイジーフルーツ』（松苗《まつなえ》あけみ・集英社《しゆうえいしや》）と『ｂｌｕｅ』（魚喃《ななん》キリコ・マガジンハウス）と『櫻の園』（吉田秋生《よしだあきみ》・白泉社《はくせんしや》）だ。

女子校の実態に一番近いのは『純クレ』だろう。明るくておバカなノリで毎日を過ごし、生徒の何人かは必ず先生を好きになる、という。「あんた痩せる必要ないよー。プクプクしてるのが可愛いんだから」なんて言ったりしてね。でもまあ今回は「イメージとしての友情」について考えようとしてるわけだから、やはりポエジーな『ｂｌｕｅ』（山本直樹《やまもとなおき》にあらず）と『櫻の園』が重要なのだ。『ｂｌｕｅ』は「ぬけ道を教えてあげるよ　春だから草の芽をふまないようにね」だし、『櫻の園』は「女ばかりのこの学校では　時間はよどんだようにゆっくりと　流れた」だしと、全編繊細な詩情に溢れている。それは『櫻の園』を読んだ女子校出身の人が、たいがい「これは私の行っていた学校をモデルにしたに違いない」と言うことからもわかる。異性との出会いと葛藤と新たな発見があり、女の子同士の微妙な住み分け意識によるスッタモンダがあり、自分の憧れを体現する女の子との恋がある。

しかし、思春期の女の子の友情と恋、という同じ「イメージ」で作られた二つの物語は、実はまったく違う味わいをもって提供されているのだ。これはあくまで推測であるが、たぶん吉田秋生は女子校の出身ではないのではないか。そして魚喃キリコは女子校の出身であるとみた。

というのも、『櫻の園』が少し図式的すぎるからなのだ。この内容は、共学校を舞台にしても案外うまく描けそうな気がする。しかし『ｂｌｕｅ』は違う。なんともネットリとした、一つの性だけしか存在しない世界での心情というものが、実感をもって描かれている。

どちらが良いとか悪いとかいうわけではない。女子校という「イメージ」の中で、見事に女の子の気持ちを描いたのは『櫻の園』だ。でも、単性の世界だからこその恋や友情の駆け引き、息苦しいけれど甘い距離感、というのは『ｂｌｕｅ』を読むと思い出す。

「絵に描いたような女の戦い」がいやで、私は色々な表現物の中に、別の形の女の友情の「イメージ」を求めてきた気がする。『櫻の園』が一つの理想形だとしたら、『ｂ lue』はなんともこっぱずかしい、赤裸々な現実の心情の「イメージ」だろう。

そして女の子たちがこういう漫画を読んでいるときに、高校生の男の子たちは汗やら何やらが滴《したた》る漫画を読んで、朝から晩まで「セイコウした」と聞けば「成功」じゃなく「性交」と当てはめる漢字変換機能を作動させてるんだなあ（偏見）と思うと、男女の間に深い断絶が生じるのも当然だという気がしてくる。まあそれもステレオタイプな「イメージ」なのだろうけれど。

この二つのイメージ（女の友情の理想形と赤裸々な現実の心情）の間をゆらゆらしながら、今日もまたヤクザ映画を見る。そして、ときにはイメージに捕らわれて生きるのも、そんなに悪くないかなと思うのだ。少なくとも、無自覚なままに「絵に描いたような女の戦い」を演じてしまうよりは、マシなのではなかろうか。

パスポートを取得する（予定）

庭にエサ箱を設置して、うっかりカビさせてしまったミカンやパンくずを鳥にあげている。彼らが入れかわり立ちかわりやって来ては、ピーチクパーチクとエサを啄《ついば》むのを、優雅に納豆ごはんを食しながら見るのが最近の私の朝（というか昼）の楽しみだ。

しかし平和な鳥たちの楽園にも危機が訪れている。ついにこの場所を、カラスに知られてしまったのだ。他の鳥（スズメ、ヒヨドリなど）に比べて格段に大きなその黒い鳥は、我が物顔で好きなだけエサを食べていく。スズメやヒヨドリたちは、ただ影が通り過ぎるのを脅えて待つだけだ。私は小鳥たちにエサをあげているのにー！　大鳥には用はないのよ、あっちに行って！

そこで、何度か窓辺で、「ウキョー」とか奇声を発して、カンクロウどもを追い払おうとしたのだが、カラスよりも先に、小さな鳥たちが怖がって寄り付かなくなってしまった。さらに、ちょうど玄関から出て来た隣のおばあさんを、あやうく心臓発作で殺してしまうところだった。そりゃあ玄関を出たとたんに、いつも家にいる得体の知れない隣家の娘が、小汚いパジャマにドテラを着て奇声を発していたら（しかもバタバタと暴れながら）、驚きもひとしおであろうよ。

普段は近所ですまして歩いてるのに、あんな汚い格好を見られてしまった。

なぜ、たまに顔も洗わず煙草を買いに行くと、知り合いの母親がパートで店番をしているのか。なぜ、ちょうど着替えがなくて、洗濯物を取りに裸でベランダに出ると、いつもはいない隣の息子が、友達を部屋に大勢呼んでいるのか。なぜ、酔っ払ってやっとのことで深夜に家にたどり着き、しかし鍵を開ける前に力尽きて玄関先で寝ていると、向かいの家の親父がゴルフの練習をしに出てくるのか。だって真夜中だよ？

まあいいや。考えるのをやめよう。私は間が悪いんだ。これがマーフィーの法則（古い）ってやつですかい。

そうだよ、おまえ。考え過ぎちゃいけない。ここに食いもんがある。それを俺たちが食う。無くなる。いつのまにかまたここに食いもんが現れる。俺たちが食う。それの繰り返しだよ。「どうして」なんて考えちゃいけないんだ。

そうね。でも不思議で不思議で。だって気づくとちゃあんと食べ物があるんですもの。これが魔法ってものなのかしら。あら、あなたお米がついてるわよ、チョイチョイ。

おい、よせよこんなところで。ヒヨのやつが見てるじゃねえか。おい、ヒヨ。おまえもこっち来て食ってもいいんだぜ。あっ、逃げちまいやがった。食いたそうに見てやがったのに、ジメジメした野郎だな。飯がまずくならあ。

ホホホ、あなたの堂々とした鳥ぶりに怖じ気をふるっちゃったんでしょ。あーあ、私もう満腹。あなた、そろそろ帰りましょうか。

うむ。あらかた食い尽くしたからな。また明日も食いもんが出現してるといいな。

そうねえ。でもどういう仕組みなのかしらねえ。

まーだそんなこと考えてんのか。あるもんはある。それだけだよ。

ハッ。また仲むつまじいカラスの夫婦にアテレコしてしまった。奴らはいつも来て沢山食べるくせに、ちっとも恩返ししないんだよな。自動的にエサが出ると思っているのかしら。エサの出現と人間の存在との因果関係はわかっているのかしら。そんな無力感に襲われるわ、あのバカップルを見てると。クッソー、カラスまでいちゃこきやがって。ここはいちゃこき禁止地帯なの！　口移しでエサを食べたり、羽繕いをしあったりしちゃ駄目な場所なの！　もうー。

なんて真剣に鳥相手に怒ってたら、あらあら、もうこんな時間。今日はアルバイトの前にパスポートを取りに行こうと思ってたのに。どうしてパスポートが必要かというと、ついに国外脱出をはからねばならないほど、警察の手がのびてきたから。そして私たちはどこまでもどこまでも逃げて行くのよ。そう、シベリアまでも！（『女中たち』風に）。

いや待って。シベリアは寒いから嫌だ。バリ島が良い。常夏でしょ。そしてお腹を壊しやすいんでしょ。冷え性でベンピ気味の私には、うってつけの所に思えるわ。ジュネは寒いの平気だったのかしら。

さあ、警察の追及からは逃れられるのか？　パスポートを手に入れて、一体どこへ行こうというのか？　というよりいつになったら早起きしてパスポートを取りに行けるのか？

さまざまな謎を残しつつ、ひとまずさようなら。謎が解かれる日はくるのでしょうか。

秘孔《ひこう》を突かれる

おいおいおい、痛いよ姉ちゃん。そんなにゴシゴシ頭皮をこすっちゃあ。しかもずいぶん豪快に湯を掛ける。顔を覆っている紙が濡れたくらいだ。そういえばなんでこの紙を顔にかぶせるのだろう。やはり洗髪のあいだじゅう美容師を眺め続けるのは不《ぶ》躾《しつけ》だからかね。もちろん客の方にしたって、仰向けに寝そべってアホ面《づら》をさらすのは本意ではない。

でもこうやって顔を隠しちゃうと、訳もなく笑いたくなる。ニヤッと笑いたい、という誘惑に抗《あらが》えなくなる。ちょっと笑ってみよう。ニヤリ。

あっ。美容師の影が動揺した。笑ったのに感づかれたのかしら。どうして？　そうか！　紙が湿って肌に密着し、表情を読まれやすくなっていたのかーっっ。しまった。これじゃ、ただの不気味な客だ。

やっぱり誘惑に負けては駄目なのよ。人間は、自制するから人間だ（今月の標語）。

ちょっと咳でもしてごまかしておこう。ウエッフ、ウへ。これで大丈夫。さっきの私の不可解な（と美容師には見えたであろう）表情はこれで、「咳へのプレリュード」として処理されるだろう。

ふう。でもさあ、紙の陰で笑う、っていう楽しみが露見して、私がこんな気苦労しちゃうのも、元はと言えばこの美容師さんが豪快さんだからでしょう？　今まで沢山の美容師に髪をゆだねてきたけれど、今日の彼女ほどザッパー（大ざっぱ）な人はいなかった。まるでうどんかソバでも打つかのように、バチバチと私の髪をこねている。あ、終わりましたか。はい、かゆいとこないです。

うぎゃぎおぐ。

ふえー、ひ、秘孔を突かれた。いきなり両のこめかみをギュウッと。具体的に説明すると、『北斗の拳』で三話目に出てきた悪者にケンが突いた経絡秘孔、かな。「ヒデブ」になっちゃうよー、っていうくらい痛かったぞ今のは。

なんですぐ、『北斗の拳』を引き合いに出しちゃうのか。ブランキー・ジェット・シティーは、「俺の血は12歳の時に見た『小さな恋のメロディ』でできている」と歌ったが、それでいくと私の血は『北斗の拳』でできているようだ。恥ずかしくて人には言えない、という点ではどっちもどっちだ。

この間も、「やはり資格は必要なのか？」と日和《ひよ》って漢字検定を受けた私を、「間違った方に行ってる」と強敵（と書いて「とも」と読むのが『北斗の拳』風）に的確に評されたが、あのとき頭に浮かんだのも、「見守るだけの愛もあるのだ」というトキ（ケンシロウの兄さん）の言葉であった。何が言いたいのか、自分で自分の脳みそを翻訳しなきゃならなくて手間がかかるのだが、つまり「愚かしいとわかっていても、やらずにはいられないときもあるのだ」ということだな。うんうん。

『北斗の拳』は本当に、何回読んでもおもしろい。もちろん、家にはコミックスが全巻そろっている。そのうちの何巻かは、二、三冊ずつある。昔からボケていたのね。

というようなことを、先日美容院に行ったさいにツラツラと思い浮かべていたのだけど、今考えると、下痢の原因はあの美容師に突かれた秘孔にあるのではないかしら！

突然汚い話題で恐縮ですが、私はいま下痢です。はっきり言ってトイレの主になっている。医者に行ったら「悪いもの食べたでしょ」と言われた。どうしてさぁ。まずは流行のインフルエンザかも、とか疑うのがスジってものでしょ。いきなりそんな、拾い食いしたかのように言われてもねえ。

ああ……昨日食べたブリ大根、ちょっと古かったかも。しかし、「ストレスです、きっと」と強硬に言い張り、下痢止めと精神安定剤をもらってきた。そして爆睡したんだけど、まだ腹が変だ。もしやストレスじゃなく、ホントに食当たりなの？　と悲しくなったところで、美容師に秘孔を突かれたことを思い出した、というわけ。

彼女は恐るべき北斗神拳の使い手よ。しかし罪のない客を下痢にさせる（しかも遅効性）とは、どういうことかな。北斗神拳伝承者として失格じゃないの、そんな人。それとも、私がニヤリと笑ったから、刺客と間違われて秘孔を突かれたのかも。

こんなことトイレでウンウン考えてても仕方ないわ。私に必要なのはどうやら、精神安定剤なんて繊細なものではなくて、正露丸《せいろがん》のようだ。さっさと飲んで、また寝よう。もう古いブリ大根は絶対食べないぞ。

台湾《たいわん》対談

三浦　えー、私は今、台湾にいます。それで今回は特別に、日本にいる友達と電話で対談したいと思います。山田花子《やまだはなこ》ちゃん（仮名）です。ヤッホー。

山田　ヤッホー。なんであんたが台湾で遊んでて、私は日本で働いてるわけ？　しかもなんでいきなり電話かけてくるのよ。「山田花子（仮名）」っていうのもわけわかんないしさ。

三浦　ウッ。いや、仮名の方があなたの為だと思って。

山田　なに……なんの話するつもりなの？

三浦　えっ？　あー、そういえば私、山田花子に似てるって言われたことある。

山田　ゲッ。漫画家の？　お笑いの？

三浦　お笑いの。

山田　ウヒャヤヒャヒャ。誰に言われたの。

三浦　……お母さん。
山田　ママハハなんじゃないの。
三浦　中学ぐらいの多感な頃に、片桐《かたぎり》はいりに似てるとも言われた。
山田　やっぱりお母さんに？　それは酷《ひど》い。酷いなんて言ったら、山田花子と片桐はいりに失礼だけど。
三浦　でも本当は、片桐はいりって背が高くていい感じなんだよ？
山田　あんた別に高くないじゃない。
三浦　うっ、うん。あ、山田花子、この間テレビでカラオケ歌ってて、すごく音痴で可愛かった。
山田　なに弁解してるの。それで？　何について語り合うの？
三浦　「『ヨコハマ物語』（大和和紀《やまとわき》・講談社）について」と「男子校漫画について」と、どっちがいい？
山田　「男子校漫画」？　『ここはグリーン・ウッド』（那州雪絵《なすゆきえ》・白泉社）とかのこと？
三浦　面白かったよねー、『グリーン・ウッド』。でもちょっと違う。そういうのでもいいんだけど、今（一部で）はやりのＪＵＮＥ系のこと。結構（一部から）リクエストがあって。あなたそういうの詳しいでしょ？

山田　それで私は（仮名）なのね。リクエストってホントに？　まあいいや。今はそういう「女性向けの男同士の恋愛物」（ややこしい）のこと「ボーイズラブ」って言うらしいわよ。

三浦　ゲーッ。なにその無茶苦茶恥ずかしい言葉は。ねえ、やっぱり「男子校漫画」はまた今度にしようか。私もそれまでに読んで勉強しとくから。

山田　なんなのよ、あんたは。わざわざ台湾から電話してきて、なに怖じ気づいてんの。

三浦　今日は『ヨコハマ物語』にしとこう。この間、花子も知ってるＳちゃんと漫画喫茶行ってさ。久しぶりに読み返して、けっこう新たに気づいたことがあった。

山田　おお、Ｓちゃん元気？　しかしまた随分前の漫画だね。あれでしょ、「明治の横浜を舞台に、二組の男女の夢と恋を描く大河ドラマ」って感じの少女漫画でしょ。

三浦　編集者みたいな煽り文句でまとめないでよ。森太郎《しんたろう》（医者を目指す。ぼっちゃん系）と竜助《りゅうすけ》（成り上がって金持ち。ワイルド系）、万里子《まりこ》（横浜商人の娘。気が強いお嬢様）と卯野《うの》（万里子と仲良し。芯が強い使用人）の四人で、誰が誰とくっつくのかヤキモキしたものよ。

山田　最初万里子は森太郎と両思いだったんだよね。それで卯野も森太郎のことずっと好きだったんだけど、ジッと二人を陰から見守るだけ、というお決まりのパターン。

三浦　それが、ワイルド系の竜助が万里子にアタックしてくるんだよ。森太郎がアメリカに留学してる間に。竜助は海外で苦労の末に財を成して、小さいとき一目ぼれした万里子を嫁にしようと帰ってくる。「あんたみたいなジャジャ馬は、俺みたいな男じゃないとダメさ」なんてこと言って。

山田　竜助は「バロン（男爵）」とか呼ばれてんだよね（笑）。男爵じゃないのに。

三浦「パリ時代のあだなでね」。「甲斐《かい》男爵のパリ仕込みのマナーにはかないませんなあ」

山田　いやはやまったく。それで万里子は竜助と半ば無理やり結婚させられちゃうんだけど、竜助はいい男だから、だんだん心を開く。

三浦　そう。それで卯野は万里子の代わりに、森太郎へ思いを打ち明けるため、アメリカに森太郎を追いかけて行くんだよね。

山田　あれってなんでアメリカなの？　明治時代に医学を学ぶために留学っていうと、普通ドイツを思い浮かべるけど。

三浦　森鷗外《もりおうがい》とか？　そうだよね。なんでだろ。作者の取材の都合じゃないの？　アメリカの方が描くのに資料があった、とか。

山田　ねえ、森太郎と竜助どっちが好きだった？

三浦　そりゃあ断然竜助でしょう。結構理想の人かも。

山田　漫画の登場人物で「理想」って、あんたも相変わらず哀しい人生ね。まあワイルドかつ一人の女を愛し続けるっていう、少女漫画の「モテる男」の典型だよね。私も竜助派だった。

三浦　じゃあ万里子と卯野は？　私は万里子。

山田　私だって。

三浦　意見が割れないねえ。Sちゃんも万里子が好きだって。

山田　類は友を呼ぶ、か……

三浦　思ったんだけどね。前に読んだときは気づかなかったけど、卯野って結構嫌な女じゃない？　恋する男を追って一人でアメリカまで行って、すごいなあと昔は思ってたけど、じつはそうでもない。

山田　あー、結局カウボーイ（もちろんカッコイイ）とかに助けてもらってるもんね。

三浦　卯野のことが好きなトビー（アメリカ人の気のいい奴。弁護士）に対しても、はっきりした態度を取らないで、ズルズルと好意に甘えてるし。

山田　男がいなきゃなんにもできない女よ、卯野って。

三浦　出たーっ。「フェミニズムの闘士」発言！　でもSちゃんもそう言って怒ってた（笑）。

山田　でしょー？　今読むと卯野って腹が立ってくるよ。

三浦　読み返してるの？

山田　うん。今、電話口で読み返してる。

三浦　……。さすが漫画読者道を共に極めんとするだけあるわ。

山田　反対に万里子って、（森太郎を裏切る形で）竜助と結婚しちゃって悠々自適の生活なんだけど、心は自立してるよね。

三浦　そうなの。自分で商売始めたりして、経済的にも精神的にも、卯野みたいな依存型じゃない。卯野は森太郎と決定的にすれちがった時に、「もうわたしを待っている人もいない……」って、ザブザブ海に入って行っちゃうのに。

山田 ウザい女だよ。

三浦 いや、きっとこれが、私たちにはない女らしさというものなのよ。

山田 山田花子（お笑い）のくせに女らしさを語ってる。

三浦 うるさいな。まあすごく典型的な登場人物たちなんだけど、グイグイ読まされちゃう面白さがある話だわ。

山田 どちらのカップルが好きかで、その後の自分の人生を占えるしね。

三浦 竜助が理想で、卯野をけなしてるような人間は、まず恋愛運が悪い。

山田 それ自分のことでしょ。

三浦 まあ、あなたもでしょ。

山田 とにかく、アメリカまで舞台が広がるわりには、コミックスで全八巻とコンパクトだから、まだ読んでない少女たちにはお薦め。

三浦 ラストとか改めて感動した。Sちゃんなんて泣いてたもん。『タイタニック』でも泣かなかった人なのに。

山田 それは……なんともコメントしようがないわ。ところで「男子校漫画」はどうすんの？

三浦　えっなに？　ごめん、隣の家の犬が騒いでて聞こえない。

山田　隣の犬？　あんた台湾にいるんじゃないの？　まさかまだ日本にいるんじゃないでしょうね？　国際電話かけてくるなんておかしいと思ったのよ。

三浦　ジュルジュルジュルジュル。ハー、早くも花粉症で大変。さてと、次こそ台湾リポートの予定だよ。お楽しみにネ！

台湾ってどんなとこ?

これが普段の行いの賜物《たまもの》ってものかもねー。団体客によってエコノミーから追い出された私たちは、優雅にビジネスクラスで台湾に着きました。ラッキー。

でも同行者Iちゃんも私も海外は初めてなので、成田《なりた》空港ですっかり舞い上がっておのぼりさん状態になり、保険をかけるのを忘れてしまったの。危ない危ないと言われるNW航空だから、帰りが不安です。ただでさえ運が悪いのに、エコノミー↓ビジネスと、どうでもいいところで運の無駄遣いをしてしまったし。

ちなみにビジネスクラスだと、真っ赤な靴下をもらえます。これを履いて機内をうろつけというのか……それは私の美意識に激しく反する。万が一墜落したらどうするんだ。こんな赤いものを履いた姿で発見されたくないぞ。

さて台湾で私が何をしているかというと、別に日本にいる時と変わらず、もっぱら食欲を満たすために活動しています。うーん、台湾最高だよ。ご飯がおいしい。しかも安い。屋台で餃子とかワンタンとか小籠包とか食べまくっているけど、これがどれもめちゃくちゃおいしいのだ。でもブタの血を固めて豆腐かババロアのような食感にした代物は、ややいただけなかったが。健康に良いと言われる物って、どうしてこうもまずいんだろうか。

とりあえず今のところ腹も壊さず、快調なペースで膨張を続けている私の体です。あっ、「地瓜球」(直径2センチぐらいの揚げ菓子。中にサツマイモの餡《あん》が入っていて大変美味)を売っている屋台発見。さっそく購入してまいります。ムグムグ。これ日本で売ってないかしら。気に入っちゃったわ。

今日は龍山寺《ロンサンスー》(一言で言って派手)という台北《タイペイ》にある寺に行ったのですが、なぜか境内では大勢のおじいちゃんたちがプラプラしていました。みんなそれぞれ銭湯にある『ケロヨン』のような、プラスティック製の「マイ椅子」を持ち込んで、思い思いの場所に座っておしゃべりしているのです。のどかだ。

その側《そば》では皮膚病だろうか、すごいことになっている人が「おもらいさん」をやっていた。参拝客はその間を、線香を持って右往左往するわけなんだけど、なんだかもう日常とか非日常とか、そういう区切りがひたすら空しく無意味であることを実感しました。

そうそう、道行く若い女の子に地図を片手に道を尋ねたら、「この地図は無茶苦茶古い」と笑われました。そんなー。日本の『台湾観光協会』がくれたものなのに。一体いつの地図を配っているのでしょう、『台観協』は。なんとか乗るべきバスを見つけたはいいけど、台北市内のバスは日本のバスの常識をはるかに凌駕《りょうが》した揺れとスピードで、足腰を鍛えるのには最適な乗り物でした。

昨日乗った電車もものすごい揺れで、車内のトイレ（というか便所と言うべき代物）で大変苦労しました。はっきり言って笑いながら用を足してしまった。あの揺れの中でしゃがんでいる自分を笑わずに、何を笑えと言うのでしょう。しかもねえ、状況を詳しくは語りたくないんだけど、洋式だったの。でもすっごく汚くてそんなところに腰掛けたくなかったから、和式のように跨《また》いでだねえ……いいや、もうやめておこう。嫁に行けない。

町には犬が沢山います。みんな放し飼い（なのやら捨て犬なのやら）。しかも皮膚病。宗《そう》さん（千葉県生まれ。通訳してくれた）によると、車のオイルと硫黄《いおう》を混ぜたものを二、三度塗ってやると、皮膚病が綺麗に治るそうです。ただ、塗った時にはべトベトしてしまうので、犬はつないでおかないといけません。宗さんは犬好きなので、「それがかわいそうだ」ということです。猫は「縁起が悪い」と嫌われるそうで、台湾に来てからまだ一匹も見ていません。

それではこれから夜市（屋台がズラリと並ぶ。どうやら台湾の人は屋台で食事をすませることが多いらしく、大変な人出）へ行って、またまた食べます。

そうだ、お土産に漫画を買いました。日本の漫画はたいがい手に入ります。中国語の教材として最適です。「可悪」が「ちくしょう」というような意味であることがわかりました。でも重いしかさばるし土産物としては最適とは言えないわね。とりあえず『ガラスの仮面』の一巻と『スラムダンク』の最終巻と『幕張』の一巻を買いました。自分でも何だかよくわかりません。

あ、そういえば小室哲哉《こむろてつや》とGLAYのテープも買ったんだっけ。日本でも買えるもの、しかし日本では絶対買わないもの。ウーン。金城 武《かねしろたけし》とはまだ遭遇できてません。

す、すごいものを見ちまっただ。私はついに、「すみれの花園」に足を踏み入れてしまったのだ。

台湾から無事に戻った私を、近所に住むKが訪ねてきた。以前私たちがかわした会話が、彼女のひととなりを示していると思うので、以下に再現する。

「ねえK。ずーっとダラダラして暮らすには、どうしたらいいのかなあ」

「うん？　ホームレスになる」

「……一応女の子なんだからさあ、『結婚』とか浮かばないわけ？」

「あー、思いつかなかったわ」

Kは現在無職だ。そしてKは病弱だ。キャラクターと境遇があまり合っていないところが微笑ましい彼女である。

さて、『親しき仲にも礼儀あり』の私たちは、Kが私の旅の無事を喜び、私が土産物をKに渡し、としばらくは儀礼にのっとった会話を重ねた。しかしKが、脱いだコートのポケットからおもむろに『アサヒグラフ』を取り出したところから、雲行きは怪しくなってきたのである。

「しをん、まあこれを見てよ」

見てよ、と言われるまでもなく視界に入ってくる。それは『宝塚《たからづか》・宙組《そらぐみ》特集』であった。

「……………」

何を言うこともできず、台湾で買ってきた茶をすする私に、彼女は言った。

「ハマッちゃった」

あのねー。あなた、私が台湾に行く前はジャニーズ・ジュニアにハマッてたじゃないの。一週間かそこらの間に、なんで着々と裏街道を進んでるのよ。ジャニーズにしろ宝塚にしろ、ハマると底のない裏街道。もうあなた二度とお天道様に顔向けできないのよ。ただでさえ人に言えない趣味の多い私たちなのに、そのうえさらに宝塚ですって？　思いとどまるよう、私はさんざんKを説得した。

しかしその私がなぜ、当日券を取るための始発に乗るべく、早起きしているのであろうか。おいおい、まだお星様が輝いているよ。道でKを待つ間に、街灯の明かりで眉毛を描いた。静かに家から出て、二人で暗い道を行くなんて、シチュエーションはまるっきり駆け落ちである。それが宝塚を見るためだなんて、ハアー。何やってんだろ、私。

悶々としつつもようやく日が昇り始めた頃に、宝塚劇場に着いた。それから何時間も、当日券が発売されるまで劇場の表に座り込んで待つのである。場所は有楽町《ゆうらくちょう》、お勤めの人々が駅にあふれている。なのに私たちは『フロム・エー』を片手に電話をかけまくってアルバイトを探しつつ、宝塚に並んでいるのだ。なんだかホームレスに着々と近づきつつあるような気がしてならない。

周りはオバさんばかりで、しかも私が驚いたのは、みんな服装がダサいことである。宝塚を好きなくらいだから、さぞかし夢見がちで華やかなものが好きな人々が集うのだろうと想像していたのだが、むしろ宝塚が日常に入り込みすぎているのだろう。台所からそのまま来たような格好なのである。見に来る人もきらびやかなのだろう、という私の宝塚のイメージは崩れ去った。「ビジュアル系」のバンドのコンサートではコスプレ客が必ずいるのに、宝塚ではコスプレ客がいないのも、大変不思議であった。

コスプレ心をくすぐられる題材だと思うんだけどなあ。たまたまいなかっただけだろうか。

無事に当日券を入手し、隣のオバさんのサロン○スの香りに包まれながら、私は宝塚の世界を堪能した。

いやあ、面白かった。『エリザベート』というのを見たの。皇妃エリザベートと、彼女に一目ぼれした死神との恋物語なんだけど、ちゃんと嫁姑の話になっていて、オバさんたち身を乗り出す。エリザベートは旦那のことも愛していて、でも姑との確執があって絶望したり、旦那がつい浮気なんかしちゃってまた絶望したり、大変なの。でもそんな時いつも死神（もちろんこれがトップスター）が現れて誘惑してくれるから、「私もまだまだ捨てたもんじゃないわね」と自信を取り戻して生きていくのさ。

あれ、私が説明すると、なんか微妙に違う話になっちゃうな。

とにかく、嫁姑、旦那の浮気、子供がグレる、でも言い寄ってくれるかっこいい男がいる、とオバさんの夢想を見事にロマンティックに仕上げた宝塚に脱帽でした。

しかしなにしろ初めてだったので、女の人にため息をつき、ラインダンスを踊るタカラジェンヌを双眼鏡でチェックし、未来のトップスターを探そうとする濃い世界に、しまいには頭頂部が痛みだしてしまった。脳みその許容量を越えたらしい。

大階段を降りてくる、大きな黒い羽根をつけた姿月《しづき》あさと（トップね）にビックリしましたが、Kは「あんなのは地味な方だよ」というからまたビックリ。「大きな丸い電飾をつけて降りてくるのもあるんだから」と。そ、そんな仏像の光背みたいなことになっちゃうんですか。見てみたい。

そういうわけで、きっとまた宝塚を見にいってしまうでしょう。帰りに駅の階段で「大階段ゴッコ」をしたのは言うまでもありません。

こんな私たちですが、就職先募集中なのでヨロシクね。

縄《じょうもん》文文化考

前回に引き続き宝塚の話をしてしまう、病深き私をお許しください。

濃厚な宝塚の世界に打ちのめされ、頭頂部の痛みもまだ治まらぬある日。私がディヴィッドやらボブやらに翻弄《ほんろう》されて（アルバイト先から）帰ってくると、やや、家の前に怪しげな紙袋が一つあるではないか。なんとなく予感をいだきながら開けてみると、ああー、やっぱり。『宝塚・宙組公演「エリザベート」』のビデオだよー。Kが持ってきてくれたのだろう。メモがついている。

「しをんへ。これを見て、なおいっそう細部を楽しんでください。でも禁断症状が起きちゃうから、三泊四日で返してネ」

……Kよ、一日も早い社会復帰を祈る。

勉強熱心な私はさっそく、ビデオを見ることにした。なんといっても、夜中に部屋で極秘で楽しんでいる「宝塚ゴッコ」を、より完璧なものにせねばならぬからだ。いざデッキにビデオを入れん、としたときに、私はビデオのパッケージに「監督・実相《じっそう》寺昭雄《じあきお》」とあることに気づいた。なにーっっ。あの実相寺監督は、宝塚の舞台のビデオ監督もしていたのかーっっ。至急Kにピポパポと電話する。

「ちょっとK、このビデオの監督、実相寺昭雄じゃない。他のもそうなの？」

「え、誰？　有名な人なの？」

ガク。そうだった。Kがウルトラマンを見るわけがなかった。

「うーん、有名……だと思うけどなあ、ゴニョゴニョ」

「それより、ねえしをん。私、今日ね。四時間かけて宝塚メイクをやってみたんだ。目が三倍の大きさになったよ。もうコツはわかったから、次はもっと短い時間でできると思う」

いたーっ、ここにやっぱり（家でだけど）コスプレしてる人がいたよーっっ。ていうか、K、なにやってるのよあなたは。思い切り脱力して受話器を置いた私は、そのまま呆然と、宝塚と実相寺監督との接点について考えてみた。そしてついに！　わかったのだ。

宝塚メイクとウルトラマンの顔は似ている（目張りとか隈取《くまど》りが）。

そっかー。タカラジェンヌとウルトラマンの共通点は顔の造作（というべきか造形というべきか）だったんだ（いや、実際は宝塚が東宝《とうほう》系だからだと思うんだけど）。疑問の霧が晴れた私は、安心して今度こそ再生ボタンを押したのだった。

まだそれから一泊二日しかたっていないのに、すでにビデオを三回見ていることは置いておくとして、今度は歌舞伎に行くことにする。女の花園の次は男の花道というのも良いだろう。祖母が団体客として取った券を分けてもらった。周りが圧倒的にお年寄りばかりで、トイレだ土産だで出入りが激しいことと、「あら、あなたどなたのお孫さん？」などと見も知らぬ人から詮索《せんさく》されるのを除けば、花道もバッチリ見える本舞台の真っ正面だして、言うことなしだ。

宝塚を見た後では、さすがの歌舞伎もやや地味に見えるというものだが、玉三郎《たまさぶろう》（『藤娘』）だけは派手に何度も着物を変えて、おばあさんたちのため息を誘う。しかし私にとっては日本舞踊というのは退屈極まりないものなので、玉三郎であろうと何だろうといつのまにか眠りの世界である。宝塚でも男役同士のちょっとあやしい絡み、というのがあったのだが、今回見た歌舞伎の中で言えば、『吉原雀《よしわらすずめ》』を舞った菊五《きくご》郎《ろう》・菊之助《きくのすけ》親子であろう。うーん、父子なのに仲の良い男女を舞うって、どんなものなのだろう。それを見て「あら、菊之助はやっぱり藤純子《ふじじゅんこ》に似てるわねえ」なんてウットリと言っている婆様連中。だいたい普通の親子には、いい年をして手を握りあったりする機会は絶対ないわけで、つくづく芸事の世界というのは特殊な感性を要求されるものであるよ。しかし舞台の上に現れる二重三重の倒錯関係は、「伝統」とか「習わし」といったものに幻惑され鈍磨してしまった観客の感性の上を、あっさりと通過してしまい、残るのは「ウットリ」だけなのであった。

井上《いのうえ》ひさしの『吉里吉里人《きりきりじん》』（新潮社）を読み返していたら、ヒラヒラと折り込みの紙が舞い落ちた。「梅原猛《うめはらたけし》・小田島雄志《おだしまゆうし》、対談『吉里吉里国《きりきりこく》を歩《ある》く』」である。その中で梅原氏は「能や歌舞伎は縄文文化の流れをくんでいる」というようなことを、どういう根拠があるのかはまったく不明だが断定している。それでいくと、歌舞伎の妹みたいな宝塚もまた、縄文文化の末裔《まつえい》なのだろうか。宝塚も突飛な世界だけど、梅原猛の突飛さも、ちょっと始末が悪い。とりあえず、すべての突飛さ唐突さに目をつぶって、舞台の上の倒錯もＯＫ、宝塚は縄文文化でＯＫ、ってことにしよう。何も考えず、すべてを認め、受け入れなさい。そうすれば楽になれます。

よっしゃ。この調子で次は『屋根の上のバイオリン弾き』だ！（嘘）

溺れるのも辞さず

花粉症の時に煙草を吸うと、症状がやわらぐような気がするのですが、気のせいですか。たとえば便秘の時に図書館に行くと便意を催すなあ、というのと同じくらい民間療法ですか？　教えてスポック博士。

みなさん、こんにちは。私は最近『平成よっぱらい研究所』（二ノ宮知子《にのみやともこ》・祥伝社《しょうでんしゃ》）を、久しぶりにまた読みました。これは知る人ぞ知る大傑作ノンフィクション漫画で、とにかくこの作者が飲みまくる、という話です。酒飲みの人はぜひ読んで、彼女に勝てるか挑戦してみよう！

ちなみに、ビール一リットル＋日本酒半升から酒が始まる私は、二ノ宮師匠（と呼ばせていただく）の三分の一人前ってところだろうか。なぜ今『平成よっぱらい研究所』を読み返したかというと、卒業式だったからです。大学生活を振り返ると、いつでも酒飲んでたなあ、と……。また周りが酒豪の女ばかりなんだよな。それぞれがリットル単位でビール飲むなんて、牛か私たちは。

　地元で宝塚キチのKと飲んだときは、「オゴりますよ、一緒に飲みましょう」と声をかけてきた哀れなよっぱらいサラリーマンたちの酒を、「あら、ありがとう」なんて言ってしこたま飲んで、ツブれる彼らを残して「終電だから」とサッサと帰ったわね。フフフ、馬鹿な人たち。軽々しく女に酒をおごるもんじゃないわ。それに私たちは女じゃないの、牛なのよ。おいしい霜降りになるようにお酒を摂取してる最中の牛さんなのよ。

　さらに思い返せば、対馬《つしま》で海に落ちた（ていうか落とされた、ていうか落としあった）ときも、控えめに言ってもかなりたくさん飲んでた。あれは危なかった。対馬の人たちはむちゃくちゃ酒が強くて、「水」っていうとアサヒスーパードライが出てくる、という土地柄なのよ。なんで対馬で若者たちと酒を飲んでるかというと、集団見合いだったからです（嘘）。

　ああー、そういえば屋久島《やくしま》でも、芋焼酎を飲みまくったのよね。あのときはIちゃんと一緒だった。Iちゃんは可愛い外見に似合わず山女で、以前見せてもらった写真ではベトコンみたいなことになってた。屋久島で泊まった部屋はものすごくゴキブリがいっぱいいて、部屋にいるときはずーっと虫を殺し続けなければいけないの。もう後から後からちっこいのがゾロゾロ出てくるから。

あああ、記憶がよみがえってくるー。確か煙草の自販機を酔いにまかせて壊したような、壊さないような……しかもつぶれてグースカ寝たIちゃんと私は、虫だらけ、酒瓶だらけの部屋の片付けを、飲めない子にやらせたのよ。ヒーッ、酷い。人間じゃない。

まあ屋久島はもう行かないようにすればいいけど、問題は鷺宮《さぎのみや》よ。Sちゃんは鷺宮に住んでて、私はよく彼女の家で飲んだ。一度なんて「ロシア人に勝つ！」とか言い出して（その時点ですでに酔っ払ってる）、二人で夜中の三時ぐらいからウォッカを飲み出し、一瓶空けてラーメンまで食べ、千鳥足で朝の鷺宮の町を駅まで……。うわあ、何やってんだろ。

あのときはSちゃんは、駅から家まで戻れるのだろうかと不安だったそうよ。そういう私も、その後本屋でアルバイトだったが、寝てないうえに二日酔い（夕方ぐらいにきた）で大変だった。本屋の隣の薬局で二日酔いのドリンク剤飲んだんだけど駄目で、「すみません、具合悪いんで帰ります」って早退する。酒臭いのに「具合悪い」

って、ズーズーしいにもほどがあるわね。しかも隣でドリンク剤飲んでたのはすぐバレるし。鷺宮どころか、私の地元の方ですでに道を歩けないほどの酒の恥をさらしてるような気がする。

まあいいや。こんな私を雇ってくれてた本屋の社長、店長、ありがとうございます。さらに、私たちの尻拭いをしてくれる少数の飲めない友達、いつもすまん、ありがとう。

そういうわけで、私は卒業しまーす（キャンディーズとか、そういう昔のアイドル風にここは読んでネ）。

桜の地紋の真っ黒な着物に赤い半襟、金糸の帯という素晴らしいいでたちの私を、「極道の妻たち」とか「東映《とうえい》ヤクザ映画のコスプレ」とか言うのは、どこのどいつだ。さらに羽織り袴の友達と一緒にいたら「山口組《やまぐちぐみ》襲名式」とか言って写真を撮って行った奴、誰なんだあんたは。

まあ、大学生活を振り返ってはみたものの、見事に飲んで楽しかった記憶しかなく、酒の味自体は覚えてないのでヘミングウェイは正しいと思う。

早くこの町を出てけ、と思ってる人も多いと思うけど、不況のせい（にする）で職がないので、それもままなりません。これからもブラブラして飲み続けると思うので、お友達のみなさん商店街のみなさん、よろしくお願いします。写真が手ブレするのは、決してアル中だからじゃないのよ。

生きものの記録

いとうせいこうの『ボタニカル・ライフ』（紀伊國屋書店《きのくにやしょてん》・「ベランダー」として植物たちに偏愛をそそぐ活動記）を読んで、私も何かを観察してみようと思った。しかしあいにくと私が育てている植物は、五年前に買ったパキラしかなく、それこそ『レオン』のジャン・レノのように葉水《はみず》をやったりして可愛がっているのだが、彼（パキラ）はその愛に応えてくれない。三十メートルにも達する巨木になるはずなのに、ヒョロヒョロと五十センチほどになって、やっと五年だ。パキラが三十メートルまで育つのはいつのことだろう。彼を残していかなければならないかと思うと、死んでも死に切れぬ。植物と人間のサイクルは違うのだからと、別れは覚悟して彼を手に入れたのだが、予想を上回るゆっくりした生長スピードが恨めしい。のんびりぶりは波長が合うので良い相棒だが、観察には向かない彼なのだった。

そこで今度は、「ＢＯＯＫ　ＯＦＦ」の１００円コーナーを観察することにした。

だっていくら待っても、聖千秋《ひじりちあき》の『君は僕の太陽だ』の四巻と『すすきのみみずく』（いずれも集英社）の五巻が古本屋に出ないんだもん。それで毎日ブックオフに通って棚をチェックしたけれど、やっぱり無い。ついでに動きもない。観察しがいがない。ついフラフラと『課長島耕作』を揃えそうになって、危うくグッと踏みとどまった俺様。まだ理性はあるぜ。でもそろそろなくなるぜ。

ああ、もっと日々ダイナミックに変化があるような観察対象物はないものかしら。「赤ん坊」とかいうアドヴァイスは無しにしてくれ。嫌いだから。おむつの宣伝で赤子の尻っぺたを見せられるたびに、ゲンナリしちゃうのさ。もう一つ無性にイライラさせられたのが、一時期よくやってた洗剤のＣＭ。「おーこるかーな、マーマ」という歌が流れて、ガキどもがとんでもない作法でミートソーススパゲティやカレーライスを食い散らかす、というアレさ。怒るに決まっている。子供だからって、強力な洗剤があるからって、許されていいのか。その甘えが、その洗剤の成分が、俺の心と手の皮をささくれさせるのさ。ついでに風邪薬のＣＭで、いい年したサラリーマンが駅まで車で奥さんに迎えに来てもらって、「あなた、薬飲んだ?」「飲めなかった」っていうもの。風邪薬ぐらい自分で折を見て飲めよ、大人なんだから。そんな間もないくらい忙しい会社なんてやめちまえ。どうせ妻に駅まで送り迎えしてもらわなきゃ通えないんだし。

あーあ。結局私は可愛い赤ちゃんがいて、夫婦が仲良くて、会社に通ってて、子供は子供らしさを演じる自身に対して厚顔無恥で、という、そのすべてが悔しいんだわ。真っ向から反感を抱くほどの反発心もなく、かといって演技でもいいから「子供って可愛いですよね」とお愛想の一つも言えるほど丸くもなれない、結果的に心の中で呪《じゅ》詛《そ》を吐き散らすしかない、一番やっかいなお年頃の自分が口惜しいのよ。そして一人で、観葉植物（しかも一鉢しかない）に向かって愚痴をこぼしてるわけだ。ここのところ動きのないものをひたすら観察したおかげで、自分が八十代の独居老人ぐらいに寂しい毎日だという発見がありました。知りたくなかった。でも観察とはえてして、こういう残酷な真実を人につきつけるものなのだ。

しかし今日、ブックオフに行ったら、永遠に静穏を保つかに思われた100円コーナーの棚に変化が！『すすきのみみずく』の五巻が並べられたのだ！おお、（漫画読者道の）神は私をお見捨てにならなかったか。さっそく、購入して読む。ええ話や……遠い昔に過ぎた「青春」ちゅうもんが甦《よみがえ》りますな。受験をきっかけ（なのがヤだけど）にそれぞれの壁にぶつかった高校生たちが、家出して山小屋で二週間一緒に暮らし、軋轢《あつれき》や恋や山火事やどんでん返しやらがあって、さて何を見つけるでしょう、という「通過儀礼」もの少女漫画。

私はこの「通過儀礼もの」に弱いんだ。山伏《やまぶし》の修行と銘打って崖から落とされたとか、年上の男から少年たちはむりやりモゴモゴ……（ｉｎ　パプアニューギニア）とか、そういう各地からの調査報告を読むのは趣味だ。しかしそれ以上に、小説とか漫画とかに描かれる「成長譚」が大好きなの。ジブリ・アニメで、『天空の城ラピュタ』の次に『耳をすませば』を挙げてしまうおいらとしては、『すすきのみみずく』は満足な「成長譚」です。そして冷静な観察の結果、私に天沢聖司《あまさわせいじ》君（『耳をすませば』のヒーロー）がいたら、弘紀《ひろき》君や篠《しの》さん（『すすきのみみずく』）がいたらなあ、という何度目かの空しい結論に達し、五年続いてるマイダーリン、パキラ君に今日も愚痴ってしまうのでした。あああ。無口な彼を持つとつらい。

トラキチ

このあいだの阪神《はんしん》×中日《ちゅうにち》戦（一九九九年五月十四日）は、最後の最後でハラハラしたものである。4対0で阪神リードで迎えた最終回、なんと先攻中日が、ツーアウトから反撃。同点になってしまったのだ。それまでは「貴様らぁ、今日は全員往復ビンタじゃ」といった表情だった星野《ほしの》監督、思わず身を乗り出す。反対に野村《のむら》監督、血の気が引いたのか、なんか顔がドス黒くなる。しかーし、ドラマはまだ続く。9回裏阪神の攻撃、ツーアウトで登場したピンチヒッター・大豊泰昭《たいほうやすあき》が、ホームランをかましたんですねー。おおおー。阪神ファン狂喜乱舞。星野監督は、「やれやれ、仕方ないな」と苦笑はしてたけど、目は笑ってなかった。「往復ビンタ二回じゃ、コノヤロ」という目だった。

まあそういうわけで、とても面白かった試合なのだけど、いや、中日ファンはちっとも面白くないと思うけど、とりあえず私が気になったのは試合じゃないのです。テレビを見てて、私は目を疑ったよ。

阪神タイガースのマスコットの虎。まあ仮にトラオ君としようじゃないか。トラオ君は今日も、球場のお客さんに手を振ったり、阪神の選手がホームランを打つたびに祝福したり、ヒーローインタビューを受ける大豊選手の後ろではしゃいだり、ご活躍のようだった。それはいい。しかしトラオ。君の隣にいる女の虎はなんなんだね。可愛くピンクのリボンなんか付けちゃってる、まあ仮にトラコとしよう。トラオ、いつのまに彼女をゲットしたのだ！　クウウ。虎までがカップルか！　薬局にいる象にも「サトコちゃん」というピンク色した彼女がいるし。ペコちゃんにはポコちゃんが。リカちゃんにはワタル君が。世の中にはカップルがあふれておる。

思い返せば私がご幼少のみぎり、阪神戦を見るためだけに大阪まで行ったとしか思えない父が、お土産にトラオの小さい人形を買ってきてくれたものだった。あのころはまだ、彼女なんてコジャレた存在はかけらも臭わせていなかったじゃないか、トラオよ。私は裏切られた気分だよ。

これほど世の中にはびこっている「『対』という病」（by上野《うえの》千鶴子《ちづこ》）は一体なんなんだろう。なんでマスコットにまで、「対」になる存在を与えようとするんだろう。

虎にすら裏切られた私としては、もういいかげん対幻想にはウンザリという気分だ。いや、ウンザリするほど幻想にひたってみたいものでもあるけど。それとも、ひたれないと思っているのは、実はドップリと対幻想に取《と》り憑《つ》かれていることの裏返しなのか？

上野千鶴子が「対幻想」について批判的に考察しているけれど、私は常々、いまいち説得力に欠けると思っていた。なぜかというと、結構彼女は情熱的にさまざまな恋愛をしてきているようだからだ。そういう気分になるのが五十年に一度ぐらいの人間からすると、どうも真実味がないのよね。こんな枯れた人間はどうしたらいいんでしょうか。薬屋やケーキ屋の店頭で仲むつまじく寄り添って立つカップルの頭を、ガタガタと揺らしてやるくらいしか、鬱憤《うっぷん》を晴らす方法はないのでしょうか。

はあ、気が滅入ってきた。せっかく『恋におちたシェイクスピア』を見て、私もいっちょ、胸毛が渦巻いてるような男（胸毛ずきなの）と恋に落ちてやるぜえと意気込んでたところなのに。虎ごときに出端《でばな》をくじかれた。考えてみれば、「ブラピと別れた時が一番つらかったわ。ステディな相手が六カ月もいなかったのって、初めてだったし」なんてほざくグウィネス・パルトロウと同じように恋に落ちようとした私が浅はかだったのかも。確かにグウィネスは可愛いから引く手あまただろうよ。「その六カ月間、一人でいろいろ考えたわ」なんてグウィネスは言ってたが（怒りのあまり、ちょっと創作が入ってきてるかも）、それを言うなら私なんて一人でいること多すぎて、ほとんど妄想の世界に住んでるくらいだ。浅はかなのは私じゃなくてグウィネスの方だったんじゃないかと言いたくもなるけど、この発言は世間的な反発も大きいと思うんで、いいです、私が浅はかということで。これからトラオにも負けないほど毛深い人を探します。

なにしろ私は、大学の友人Y君に「ねえ、Y君胸毛ある？」（セクハラ）とワクワク尋ねたぐらい胸毛ずきだ。Y君はその場でガバッとシャツをめくって胸を見せてくれたけど、毛はなかった。チェッ。しかし授業中だったから先生に、「あなたたちは一体何をしてるんですか」とすごく怪訝そうに聞かれて困った。授業中といえど、「Y君にはもしかしたらイタリア男のような胸毛があるかも」と一度思ってしまったら、確かめずにはいられない欲望がわいてくるのだ。胸毛がらみのときだけ、サカリのついた男子高校生みたいになってしまう。

かっこよく「対幻想」とか言って恋の話をしてたはずなのに、どうして胸毛の話になってしまったのだろう。最近欲望が歪んで、ホントにオヤジの妄想みたいになってきた。気をつけよう。

計五回。平均三十五秒。しめて120円なり。

なにかというと、先月のPHSの使用状況だ！　すごいぞ、私！　未だにPHSというのもすごいけど。さらに説明すると、五回のうちの四回は自分の家にかけてます。一度なんて八秒で会話終わってるし。それを会話と呼べるのか。新聞などにありがちな、なんとも単純な「事象の分析」にのっとって、携帯などを持つことを「いつでも他人とつながっていたがる、現代人の寂しさの表れ」であると仮定しましょう。そうすると、つながっていたかったのに誰にもつなげなかった先月の私が、日本で一番ぐらいに寂しかった人間であることに、異論を挟む余地はありますまい。やった！　寂しかったな、先月の俺。よく耐えた。

120円分しか通話しなくて、電話を持ってる意味があるのか。別途で基本使用料を三千円払わなければいけない理不尽への怒りはどうしたらいいのか。などなど考え出すといろいろな疑問が沸き起こるけど、とりあえずは「QUEEN OF SADNESS」の俺に乾杯。「 」内の英語に適当だと思われる邦訳を選びなさい。

悲しみの女王
サド侯爵夫人
独居老人

ちなみにマドンナは、某雑誌で「絶望の女王」と形容されたことがあった。かっこいいー。でもヨガをやり、子供を産んだことで、少しずつ光が見えてきたんですって。今は（ナニーに任せつつ）子育てに追われ、ヨガを極める日々でしょう（推測）。子供を見ると凶暴な気分になり、後ろを振り向くのにも支障をきたすほど体が固い私にとっては、とても役に立たない話でした。だから覚えている。役に立たないようなことだけはよく覚えてる。記憶ってそんなもの。まあマドンナぐらい行動的だったら、そりゃあ味わう絶望も大きいでしょうさ。しかし最近ますます感情の振幅が狭くなってきてる私には、歓喜もなければ絶望もない。「女王」レベルの絶望なんて、もちろんないッス。せいぜい「侯爵夫人」レベルかな、やっぱり。「絶望の侯爵夫人」。「絶望の女王」はすぐに比喩だとわかるのに、「絶望の侯爵夫人」だとなんで説明文くさいんだ。

気候もよくなってきて、侯爵夫人のダーリン、パキラ君（観葉植物）も新しい葉っぱを次々に出すようになりました。さっそく観察態勢に入る。しかしなあ、葉っぱが上の方にしかつかない。ヒョロヒョロと伸びた幹の上方にだけ葉っぱが。ダーリンときたら、私に養分を奪い取られたかのように痩せてるんですもの。これでは鳥ガラだと思った私は、本屋で観葉植物の育て方の本を立ち読みした。それによると、伸び過ぎたパキラはどこで切ってもまた葉っぱが出るので、適当な高さで切って良いそうです。えええーっ。できない。ダーリンにハサミを入れるなんて、私にはできない。それに適当な高さで切っちゃったら、葉っぱが残らないよ。新たな葉っぱが出てくるまで、植木鉢にはただの棒が生えてることになる。それは「観葉」植物ではないだろう。

太らせるには、やはり肥料だろうか。でも土も替えてるし、液体の肥料もあげてるぞ。どうして君は太らないんだね。横にばかり膨張する私への当てつけかね。よその家の植木鉢を覗いてみたんだけど、どうも玉のような肥料があるようじゃのう。今度あれを購入して鉢に転がしてみよう。ダーリンのお口に合うかもしれん。

知り合いの植物の写真家のおじいさんにアドヴァイスを請うと、笑って「世話をしすぎないことです」と教えてくれた。

「人間と同じで、期待しすぎると植物もプレッシャーにやられてしまいます。放っておくぐらいがいい。そうすれば、『俺はここにいるぜ』と頑張って、花を咲かせたり実をつけたりするんです」

なるほど。私は「子供きらい」とか言ってるわりには、「ああ、あんなちっちゃい子にアメなんてなめさせて、昼ご飯を食べなくなっちゃうよ。それに虫歯が……」とか、「どうして手をつないで道を歩くときに、子供を車道側にするんだろう。親が車道側を歩くべきでしょう」とか、姑のようなことを思ってヤキモキしてしまうタイプだ。本当に子供が嫌いだったら、「総入れ歯になってしまえ」とか「車にはねとばされるがいい」とか考えるはずだもん。いかん、ダーリンに対しても、ちょっと甘やかしすぎたのかも。これからは厳しく、夜もベランダに出しっぱなしにするぞ……できない。朝に来るカラスのカンクロウどもに乗られでもしたら、パキッと折れてしまうもん。よしよし、今日、新しい肥料を買ってきてあげるからね。

こんなふうに毎日を過ごしているから、誰かに電話をかける必要もないのだ。やっぱり女王レベルの寂しさかもしらん。「先月の使用料120円だったの1」と友人たちに電話で報告したから、今月はたぶん、そんなに寂しいことにはならないと思う。

清廉潔白《せいれんけつぱく》が善だとは、俺は思わぬ

突然ですが皆さん、キスするとき目はどうしますか。つぶりますか。半目ですか。白目ですか。

なんとなく漠然と、一般的に目はつぶるもんじゃないかなあと私は思ってた。でもそうとも限らないらしい。今日、友人のオーストリア人の彼氏、マーチン（仮名）の話を聞いて、どうやら私のキスの作法は間違ってたらしいと認識を新たにしたのだ。

マーチンはヨーロッパの男性らしく、「フランス人ほどではないが女性にはとても親切」だそうだ。友人も「鬱陶しい」ほど会いたい会いたいと言われ、人前でイチャイチャされ、少々辟易《へきえき》気味なほど。「君は海のようだ。宝がいっぱいの海だ。その海に僕は潜って探検し、その宝にそっと触れたい」ぐらいは平気で言うらしい。すっげー。そういうことを言うときは英語。やはり日本人の男性にこれだけの甘い言葉（?・）を期待するのは、日本語という言語的に無理なのか。まあ女性へのマメさや優しさも、裏返せば独占欲や束縛なわけだから、鬱陶しく感じる友人の気持ちもわかるけれど、やっぱりストレートに「好きだよ」とか「今日の服とても素敵だね」とかぐらいは言ってほしいもの。それとも、ヘンテコリンな服着て、魅力ってもんがないから、甘い言葉と無縁なのか？

それはともかく、友人の話で一番「へーッ」と思ったのが、キスの話なのだ。あるとき友人がキスの途中でちょっと目をあけたら、マーチンたらポッカリと目をあけてるんですって。それでちょっとビビッて、

「マーチン、あなたいつもキスするとき目をあけてたの？」

と聞いたら、

「もちろんだよ」

って言うんだって。そして、

「えぇっ、君はいつも閉じているのかい？　そりゃあ変だよ」

と笑うらしい。ちょっと待て、マーチン。いつも目をあけてたんなら、自分の彼女がいつも目を閉じていたのが見えていただろう。なんなんだ、おまえは。キスの間、目をあけて一体どこを見てたんだ。

まあいいや。マーチンの発言に驚いた友人は、

「私は、普通はキスの時は目を閉じると思う」

と主張した。

「それに映画とかで外国人だって目を閉じていたよ」

と。しかしマーチンは「いや、目はあけてるよ」と言い張る。それで目を閉じてキスを試みたが、マーチンは、

「どこにどう唇をくっつければいいか、目を閉じたらわからないじゃないか」

とやっぱり笑うそうだ。

そうか。目はあけてるものだったのか。でもどう考えたって、映画（しか教材がないのか）で外国人も目を閉じてたと思うけどなあ。薄目ぐらいはあけても、マーチンみたいにポッカリと目をあけてる人はむしろ少数派なのではないのかなあ。しかしキスの本場の西洋人が言うんだから、間違いはないんだろう。日本でも「口吸い」というもんがあったはずだ、という意見もあろうが、私は「口吸い」と聞くたびに、なんかキスとは別の物を想像する。具体的にどうとは言えないけれど、なんだか掃除機のような感じ。布団圧縮袋を使って掃除機で空気抜きをする、そんな感じ。

まあ今度キスする機会があったら（いつだろう）、ポッカリと目をあけよう。変な人と思わないでね。本場の作法にのっとっているだけですから。

私がマーチンの話を聞いて思い出したのは、やっぱりいつもどおり漫画だった。樹《いつき》なつみの『OZ』（白泉社）。その漫画の中で、傭兵のネイト（ヒゲあり）が「キスする時は目を開けるもんじゃない」と言う。「なぜです」と問うと、「お互いのウソがばれるだろうが」。ウキューッツ。このクソこっぱずかしくも、かっこいいセリフ。これはポッカリ派のマーチンには通じないんだわ。いつも澄んだ瞳で「アイラビュー」で「ビューリホー」な奴にはさ。

「なぜ目を閉じるんだい？　口がどこにあるかわからないよ」

心の目で見るのだ、マーチン。あの弓の的を見よ。自分があの的と一体であり、矢と一体であり、その両者の間の空間とも一体であることを感じるのだ。そして、一体であることすら忘れられたとき、おまえも気づくであろう。目を閉じていても的がくっきりと、自分のすぐ目の前にあることに。

ああ、老師。わかります。当てようとしなくても、矢が的に自然に吸い込まれるようにひきよせられていく。なんという不思議。東洋の神秘だ。世界は一つなのだ！

うん。けっこうピッタリした喩《たと》えだ。ついでに今週の標語。

LOVE IS COMPETITION

（byマーチン・経営学専攻。納得）

恋横車生花実成上（恋の横車生きて花実の成り上がり）

また新宿伊勢丹《しんじゆくいせたん》に行ってしまいました。だって好きなんだもん。そしてワンピースを買ってしまいました。だって欲しかったんだもん。ああ、イセタン。私を本能のみの生き物にしてしまう、恐るべき百貨店よ。

買い物をするとき、私はだいたい三回はその店に行って、本当にその品が欲しいのか、何かその物に悪い点はないか、じっくり吟味してから購入する。もちろん間をおいて通っているうちに、それが誰かに買われて無くなってしまうこともある。そういうときは、失われたその品を心の中で描いては、結構いつまでも嘆いている。わりと始末におえない性格。

サッカー部の憧れの先輩を、図書室の窓からずっと眺めている。そして先輩に彼女ができたことに、ある日突然気づく。たぶん、先輩の彼女が、レモンの砂糖漬けを先輩に差し入れてるところを目撃するかなんかで。それで、「ケッ。今日の私の弁当に入ってた、キュウリの浅漬けは腐ってたわよ」なんて心で毒づいたり。とにかくそれ以降、自分のものにならなかった先輩を、もう図書室の窓から目で追うことはせずに、ひたすら心の中で妄想しつづけるのよ。こわい！　こんな女は死んでも御免だぜ。でも失われた物をいつまでも、周囲にわかるような方法で追ってしまうのは、私のプライドが許さない。心の中でひっそりと、ネ。うふ。

ああでも、今日イセタンに行ったら。ああ、ショック。ドリス・ヴァン・ノッテンのワンピースがなくなってた！　誰なの、私の憧れの先輩を買ったのは！　なーんて、実は犯人の見当はついてるんだもんね。たぶん私の父よ。きっともうすぐ、十万六千円のあのワンピースを持って、「ほーら、お土産だぞー。これ欲しがってただろう。ワッハッハ」なんて言いながら帰ってくるんだ。うふふ、パパったら。

ああ、空しい妄想をしてる場合か。そう、犯人はわかってるのよ。あのオバサンよ。私は平安時代に男だったら、わりとマメに女の所に通っちゃって、「なんて情の厚いお方」なんてモテモテだったと思うぐらい、最近は機会があってよくイセタンに行く。そして前回イセタンのドリス・ヴァン・ノッテンに行ったとき、あのワンピースを試着しようとしてるオバサンがいたのよ。その人はGジャンにジーンズだったの。実はグッチのGジャンだったのかもしれないけど、それをグッチと思わせない着こなしだった。ぶっちゃけて言うと、ダサかった。とてもドリス・ヴァン・ノッテンの服が似合うとは思われなかった。

そのワンピースというのは、ドレスと言ってもよいほど長いのだ。布袋寅泰《ほていともやす》が着て、ようやく裾が床すれすれになるぐらいかな。普通の日本人の女が着たら、絶対に裾を引きずるデザインだ。黒の木綿で、おなかまではピッタリと細身に、そしてそこから下はボリューム感がある美しいシルエット。やっぱりワンピースじゃないな。ドレスだな。値段も十万六千円だし。Gジャンのオバサンは、その服を着るには背も足りないと思われた。でも値札をチラッと見て、

「うん、こんなものね」

と言って、店員を従えてその服を持って試着室へ……私は何げない風を装って、他の服を見るふりをしながら、先輩が試着室へと消えて行くのを何もできずに見送ったわ。そして耐え切れず、そこを後にした。絶対ありえないと思うけど、あのオバサンにあの服が似合ってたら悔しいし、何よりも、似合わないのにあの服を買っていくところを見てしまったら、そのやるせなさをどこにぶつければいいのかわからないもの。

やっぱりいるのね。あんな、日常には着られないデザインの服を、「こんなもんね」とポンと十万六千円払って買えてしまう階級が。

私は今日、あの黒いドレスがなくなってしまったドリス・ヴァン・ノッテンで、醤油屋の手代《てだい》の徳兵衛《とくべえ》が心中しそこねていたらこんな気持ちだったろう、という気持ちを味わった。やっぱり可愛い遊女が脂ギッシュな親父に身受けされてくのを、ぼんやり図書室の窓から見てるだけじゃあ駄目なのよ。それじゃあいつまでもドラマの幕が開かないのよ。待っていてくれ、お初《はつ》。俺はぜったいにビッグになって、来世ではおまえを身受けしてやるぜ。もちろんビッグになっても体型は若さを維持したままで。っていうか、もうちょっとダイエットして。

そんな決意を胸に、私は値札のケタが違う店でワンピースを買ったのでした。衝動買い。好きな女に振られて、ヤケになったって感じ？

試着して「うーん、どうしようかな」と迷ってたら、店員が「まあ、お客様。脚が細いですねえ」なんて言いやがる。ういやつめ。ああ、買ったよ、そのワンピースを。細いさ。私の脚は細いさ。あああ。ばかだ。私はビッグにならないほうがいいんだ。こういう客観的に自分を見られない人間は、金を持ってはいけないいんだ。あのオバサンのように、似合わない服を金にあかして買ってしまうから。

でも古来、恋の悲劇はビッグな奴らの横槍から始まる。横槍を入れたい。私だって本当は、先輩に差し出されたレモンの砂糖漬けに、腐ったキュウリの浅漬けを投げ入れてやりたいのだ。

言葉の探偵

歯磨きとか耳かきとか大好きで、しつこくいつまでもやっているのだけれど、先日耳かきをしていたら、脳みそまでかいたかのような痛みに襲われるようになってしまった。二、三日は仕方なく我慢して労働に励んだのだが、ついに耐えきれずに近所のG耳鼻科に行った。そしたらG先生（老人）に胸毛があることを発見。ラッキー。でも、服をビシッとキメても、耳からは綿が出てるという、情けない姿にされてしまった。

片耳がふさがっていると、どうもいつもと勝手がちがうのか、バランス感がおかしい。昼にチャーハンを作ったら、むちゃくちゃ塩辛いものができあがった。慣れるまでは味覚までがおかしくなってしまうんだなあ。料理の腕前に問題があるというわけでは決してなく。耳の綿が及ぼす思わぬ弊害に気づかされた。

耳がぼんわりしているから、何か取り留めのないことばかり考えてしまう。たとえば「へこたれる」。この言葉の語源について思いをはせる。私の予想では、これはたぶん「屁っこをたれる」なんだと思う。なんか重要な村の寄り合いとかで場が緊迫してるときに、八兵衛《はちべえ》ときたらうっかりオナラをしてしまうのだ。それで長老が「こりゃ、八兵衛！　屁っこをたれるな！」と叱る。それはつまり「気が抜けるようなことをするな！」という叱責なわけで、転じて「へこたれる」↓「気力がなくなる」となったんじゃないかなあ。すごい名推理だ。「言葉の探偵」と呼んでくれたまえ、遠慮なく。金田一京助《きんだいちきょうすけ》も金田一耕助《こうすけ》も真っ青。

念のため辞書（大辞林《だいじりん》・三省堂《さんせいどう》）を引いてみたけれど、語源については載っていない。「へこたれる」の活用が「へこた・れる」（動詞ラ行下一段活用）だということだけわかった。「へこた」だって。なんかすべての想像力を拒絶するような、ヘナチョコな響き。辞書ってたまにすごく役立たなくて腹立たしい。

言葉の探偵は本日骨休め。友人たちと一緒に、オーストリア人のマーチン（仮名）と鎌倉《かまくら》観光を試みる。マーチンは腕だけ少し日焼けしている。

「オーストリア人にとって、夏の日焼けはステイタスです。日焼けしてないと、ヴァカンスに行けなかったと思われる。女の子にモテません」

なるほど。でもマーチン、Tシャツで隠れてる部分の腕は真っ白なんだよな。

「オオ、ノウノウ。これはシークレットね」

土方焼け（の焼けてない部分）を恥ずかしそうに隠すマーチン。かわいいぞ。私たちはお茶屋さんに入った。

「オチャヤサンと喫茶店の違いはなんですか」

うーん、茶屋ではグリーンティーが出る。喫茶店ではコーヒー。ものすごく大ざっぱな説明だが、マーチンは「オチャヤサンはグリーンティー」とブツブツつぶやいて覚えようとしている。勉強熱心だ。何しろマーチンは茶道をたしなんでいて、正座を一時間していても全然しびれないそうだ。

茶屋でマーチンは、

「クズキリとはなんですか」

と聞く。友人は「ひもみたいなゼリー」と答えている。それは違うだろう。「透明なうどんだよ」と私。「それが甘いのよ」ともう一人の友人。マーチンは「それはまずそう」と眉をしかめて、今度は、

「ミツマメとはなんですか」

と聞いてきた。「マメが入ってる」と友人。そりゃあ不親切すぎるだろう。「透明な豆腐も入ってる」と私。「それに甘い汁をかけるのよ」ともう一人の友人。マーチンはほとんど泣きそうな顔で、

「ではアンミツとはなんですか」

と声を震わせた。「ミツマメにアンコがついてる」と友人。もうマーチンは諦めたらしく、「アンコ好きです」とアンミツを頼んだ。

その後、私たちは銭洗弁天《ぜにあらいべんてん》で熱心に小銭を洗い、佐助稲荷《さすけいなり》で縁結びを祈った。マーチンが、

「エンとはなんですか」

と聞いてきたが、だれも的確に説明できないので無視していた。しかしマーチンはくじけずにもう一度尋ねる。仕方なく「ｄｅｓｔｉｎｙ」と教えたが、明らかにニュアンスが違う気がした。さらに、狛狐が巻紙と珠をそれぞれくわえているのを見て、

「これはなんですか」

と言う。マーチン、いやがらせか。なんでそんな難しいことを聞くのだ。

「トイレットペーパーとボール」

と答えると、

「これはカミサマのお使いなのでしょ。トイレットペーパーは嘘だ」となかなか鋭い指摘をしてくる。「まあ似たような形をした紙だから」と言っても、どうして紙をくわえているのか理解しかねる顔をしていた。しかしそんなの私たちだって知らん。

結局、言葉の探偵のくせに、ろくな説明もせず、いたずらにマーチンを混乱させて鎌倉観光は終わった。仕上げにお好み焼きを食べていると、またもマーチンが質問攻めしてくる。紅しょうがを「これはなんですか」と言うから、私がまともに「ジンジャー（と同じものなのか？）」と答えようとしたら、友人は「漬物」の一言で終わらせた。

そうかもしらんが、でもなんか違うだろう！　探偵は言葉というものに敗北した。

自分語入門

すっごく暑い。ここ多摩《たま》動物公園に平日いるのは、だれきったアニマルたちと、園内を無料で走る『シルバーバス』に乗った年寄りの団体と、円滑な人間関係を目指した親睦遠足をする私たち（アルバイト仲間）だけ。元気なのは猿山のモンキーのみ。でもけっこう楽しい。

木陰でお昼寝中の巨大なマレーバク。バクは、「カバのような体型で、黒く、胴の部分のみが白い生き物」だ。名前はユメコ。呼んでもついに目を覚まさず。ただ寝返りを打つのみ。でも寝返って腹が見えたのだけど、白い部分は腹にわずかな隙間を残していて、つながっていなかった。つまり、太い俵型のあんこの塊があって、それの真ん中を薄くて円形の白いぎゅうひで包み込もうとしたら足りなくて、白いぎゅうひの間に一筋黒いあんこが見える、と。そういう模様になっているのだった。そのデザインの不思議さと色の対比の絶妙さに、私はうなりました。素敵だよユメコ。あなたが私の家にいてくれたら。おかえり、なんて玄関まで出迎えてくれたら。きっと私はあなたのためにガツガツ働くだろう。けれどもユメコはついに私に振り向いてはくれなかった。

　私たちは園内をくまなく回り、死にそうにへばった雪豹に同情し、キリンのご飯風景を飽かず眺めた。そしてついに多摩動物公園の奥つ城（ちょっと違う）、コアラ御殿に到達した。公園内の山の一番深い部分にあるコアラ御殿は、冷暖房完備。今日この場所で最も快適に過ごしている生き物、コアラ諸氏は、木の股に腰掛けて優雅に午睡をむさぼっている。ガラス越しにしばらく眺めるが、どいつもこいつもピクリとも動く気配なし。結局これはぬいぐるみだろうという結論に達する。

　コアラの特別扱いぶりは際立っていて、マレーバクのユメコの柵にあった注意書は「バクのおしっこは後ろに飛びます。おしりを向けたら注意して下さい」だったのに、コアラ御殿にあったのは、「大きい音をたてたりフラッシュをたくのは、驚くからやめて下さい。コアラより」だった。「『コアラより』だって」と小さい男の子までツッコミを入れていた。お高くとまれるのも今のうちだぜ、コアラ。いつかおまえのその鼻に触ってやる。どんな感触なのか気になるぞ、コアラの鼻。湿っているのか？　プラスティックみたいなのか？

コアラは腹に子供を入れて育てる、という図解を見て、Mさんが言った。

「これはモチョコイでしょうねえ」

もちょこい。初めて聞くが、なんて良い響きの言葉だろう。私がワクワクして、

「それは『くすぐったい』という感じの言葉？」

と聞くと、

「はい。『もちょこい』って言いませんか？」

と驚いた顔をした。あまり言わないと思う。私たちは夕立を避けながら、「普通だと思って使っていたら実は『自分語』だった」体験を語り合った。

私の『自分語』体験は、「ぶちいたみ」だ。ぶつけたとき出来る内出血のアザを、私の母は「ぶちいたみ」と呼んでいた。だから私もてっきり、あの青いアザは一般的に「ぶちいたみ」と言うのだろうと思っていた。どうやら違うらしいと気づいたのは、友人に笑われた中学生の時だ。私の弟も友人に「アザをそんなふうには呼ばない」と指摘され、「これだから小田原《おだわら》弁（母はオダワラ出身だ）は困るんだよ」と母に食ってかかっていた。果たして小田原地方の方言なのか、母の造語なのか、真相はわからな

い。

この話をすると、Sさんが、「うちのおばあちゃんも、すごい『自分語』の人だった」と語り出した。

Sさんのおばあちゃんは、小銭入れを「ギブギー」と呼んでいた。「〇〇ちゃん、お駄賃あげるからギブギー持ってきておくれ」、と、このように平然と使っていたらしい。さらにフレンチトーストは彼女にとっては「ビフラスケン」だった。

「〇〇ちゃん、おばあちゃんがビフラスケン作ってあげましょう」

なんだか優雅だ。普段はその調子で上品な老婦人だったおばあちゃんは、麻雀をするときだけ人格が変わった。良いものがくることを念じて、

「ケンゲンコウリー」

と叫びながらエイッとパイを取ったらしい。

雨は降ったりやんだりを繰り返している。私たちは動物公園の土産物屋を好き勝手に見物しながら、天気が安定するのを待った。

私は言葉の探偵だったことを思い出し、今は亡きそのおばあさんの、不思議な『自分語』について推理をめぐらせることにした。

まず「ケンゲンコウリー」は「顕現降臨」なのではないだろうか。縁起をかつぐ言葉だろうし、この漢字なら八幡様とかが降りてきて御利益がありそうな言葉だ。

では「ビフラスケン」とはなんだろう。明治とか大正の生まれだったら、きっとヨコハマとかでハイカラな異国の食べ物を食べただろう。おばあさんが初めてフレンチトーストを食べたのが、「ビフラス軒」という洋食屋だった、というのはどうだろう。それ以降、おばあさんの脳裏には「フレンチトースト＝ビフラス軒」とインプットされた。うんうん、ありそうだ。だが「ビフラス」とはなんだ？　うーん。名字だな。ビフラスさんのやってた洋食屋だな、きっと。

さて問題は「ヂブヂー」だ。これは文字に表しにくいのだけれど、実際の発音は中国語の「対不起（ドゥイブチィ・すみません）」に似ている。対不起ではないにしても、戦争に行って耳から中国語の片言を覚えた日本人の発音、といった感じの語感なのだ。だからきっと、日清日露《にっしんにちろ》戦争（いつの話だ？）に行ったおばあさんのお父さんとかが、現地で小銭入れを「ヂブヂー」と言っているのを聞きかじって、おばあさんに教えたのだろう。だから「ヂブヂー」は中国語かロシア語だと思う。きっとそうだ。

(家に帰って中国語の辞書を調べたけれど、それらしき言葉は発見できなかった。ちなみに中国語で小銭は「リンチエン」、財布は「チエンパオ」といったところだろうか。家にはロシア語の辞書というものが存在しないので、「ヂブヂー」はロシア語ということに決まった）

私はこういう『自分語』を愛しく思う。だからできるだけ使用して、言葉の寿命を少しでも延ばしてあげたい。私はこれから、フレンチトーストをビフラスケンと呼ぶことにする。食べたことは生まれてから2回ぐらいしかないし、作ったこともないので、あまり機会がないけれど、なるべく使うことにする。小銭入れも私は持たないので、せいぜい前を歩く紳士に、

「あっ、ヂブヂー落としましたよ」

と声をかけるぐらいしかないだろうが、そういう場面に出くわしたらぜひ使いたい言葉ではある。ドンジャラすらルールを理解できない私には、麻雀など夢のまた夢だが、「ここぞ」という勝負の際には、せいぜい気合を込めて「ケンゲンコウリー！」と叫ぼう。

ちなみに、ご飯をお釜から綺麗《きれい》にさらったり、鍋の底のコゲを取ったりするとき、うちでは「ヘツる」と言います。

「ご飯はちゃんとヘツって食べなさいよ」

というように使います。広めて下さい。

反則技

まったく書くべきネタがなく、困ったなあと思っていたら、友人の山田花子（仮名）がやってきた。そこで彼女に、なんか書いてもらうことにする。うふ、これは楽でいいわ。

山田（仮名）です。なにか書けということなので、ずっと気になっていた女性向けホモ小説について考えてみようと思う。大丈夫。真剣に考察します。

最近ではたくさんの出版社が、この女性向けホモ小説（漫画もある）を出していて、多くの書店で女性たちが購入していく。ちかごろでは購入する男性の姿も見かけるようになってきた。たぶん大胆な性描写があるからだと思われる。

女性向けホモ小説とは、男同士の恋愛（肉体関係含む）を描いたものだ。もちろん、普段の生活では男同士の恋人というのを、私たちはあまり見かけない。つまりこの小説群は、だいたいにおいて女性のファンタジーである。だから、性描写がどれだけドギツクなっても、基本的にロマンスがなければ女性には受け入れられない。私はこの女性向けホモ小説は、ハーレクイン小説の同性愛版、もしくはセックスのあるコバルト文庫、であると考える。

どうして（一部の）女性がこういう小説や漫画を読むのか、という分析については、あまり興味がない。ただ、けっこうな数が出版され、一大市場を形成しているからには、その作品自体を真摯《しんし》に批評することは必要だろうと思う。『キネマ旬報』にだって、「ピンク映画時評」が常に載っているし。

まだこういう女性向けホモ小説雑誌が『JUNE』ぐらいしかなかったころ。『JUNE』は文学くずれ（失礼）な臭いがプンプンしたものだった。その当時読んでも笑えた設定の小説が満載。なぜか「日本の伝統芸能」的なものが多くて、覚えてるのでは能役者とか。あと陶芸家っていうのがあった。主人公が作務衣《さむえ》を着てる、病弱な若き陶芸家（山にこもってる）なのだ！　おもしろいなあ。今となっては余程の勇気がないと、こういう設定の小説（しかも大まじめ）は書けないだろう。それから、恋に落ちる相手としては、なぜか兄弟が多かった。あとは父親（実父でも養父でも可）

に犯されるとか。これらは少女漫画でも八〇年代前半ぐらいまでは結構あった設定だ。女性のファンタジーの中では、恋や性の相手は身近から、なのだろうか。もしくは恋や性への恐れは身近から、なのかな。

しかし、フランス文庫では未だに『黒下着の母』とかたくさん出ているにもかかわらず、女性たちは近親相姦には長く魅力を感じ続けなかったようだ。その後、女性向けホモ小説は質量ともに大規模な発展を遂げた。

まずは学園物というジャンルが勃興《ぼっこう》し、中学や高校で生徒同士、先生と生徒、先生と先生が恋におちた。さらに、医者物やサラリーマン物をはじめ、モデルや役者やF1レーサーなど、華やかな職業では、およそ設定に選ばれなかったものはないほどだ。それがどうして男同士でなければならないのか、という疑問は当然心の底から沸き上がってくるのであるが、はっきり「これだ」という理由は提示できない。ひたすら華麗に恋におちる男どもの世界を読んでいると、そんな疑問も生まれたとたんに空しいものになるというものだ。

女性向けホモ小説の世界は、いま急激にレベルが上がっていて、二極分化している。つまり、男と女に置き換えてもかまわないような、相も変わらぬ甘ったるい物語（それは「恋愛」とも言えないような代物である）と、男同士の恋愛をなぜ描くのか、どうしたら今までの予定調和的な、いくらでも「普通の」恋愛物に置き換えられる話と違うものが作れるか、に自覚的な物語である。大多数は前者であり、一大ジャンルとなったホモ小説も、このままではいずれは衰退していくのは避けられないだろう。

しかし、数少ない自覚的な女性向けホモ小説作家が、爛熟したこのジャンルにおいて目覚ましい活躍をしている。ごくごく一部の人間しか読まず、このままいずれは忘れ去られていくだろう小説たちだが、うまくすればこれからももっと刺激的で面白い作品が出てくると思う。その正念場が今なのである。

『小説b‐Boy』（ビブロス）一九九九年四月号掲載の木原音瀬《このはらなりせ》『あのひと』。（それにしても、月刊の女性向けホモ小説雑誌をチェックしているあたり、私も末期的症状を呈している。『文學界』とかを定期購読していた過去の栄光ははるかに遠い。しかし『文學界』よりも面白いことが多いのだから仕方ない）

木原音瀬は今一番脂が乗っている作家なのだが、『あのひと』はたぶん夏目漱石《なつめそうせき》の『こころ』のパロディーだと思う。違ったら私はただの大恥かきだが、まあいいのだ。印象批評（？）だから。

大学生の門脇《かどわき》君が、講師の松下《まつした》先生のことが好きだと気づいていく話。こうアッサリ説明するとどうでもいい話のようだが、設定も文体も『こころ』を意識していると一読して私は思った。夏目漱石にもう少し度胸があったら、きっと『こころ』は『あのひと』のような話になっただろう。


「俺は先生が無神経だとは思いません」

「それじゃあ、君も上手く騙されているということでしょう」

「先生はとても人を、気づかってくれる人だと思います」

「気をつかうようにしているんです。自分が粗雑な人間だということがよくわかっているので」


この会話が『こころ』にあるとしても、なんら不自然なところはないと思うのだが、どうだろう。恋愛というものがまったく理解できなかった門脇君は、松下先生と過ごすうちに、ついに最後にある結論に至る。

このひとのためなら、死ねるかもしれない。大切なものはたくさんある。両親や、仲のいい友達。自分がもし親しい人のために死んだとしたら、それは親しい人達のためだった。だけど松下は違う。松下のために死ぬことになったとしても、それは松下のためじゃない。自分のためだ。

ものすごい結論である。でも私は深く納得した。こういうものだと思う。しかしこの答えにたどりついても、あくまでも物語は淡々としている。この淡々ぶりを表現するには、「ファンタジーとしての男同士の恋愛」という土俵は、大変有効だと思う。男と女の恋愛物では、淡々としようがないからだ。男と女は、二人きりでは完結できない。つねに第三者からの刺激を必要としている。そうでなければ物語が作動しない。しかし、特に木原音瀬はそうなのだが、ホモ小説の場合、ひたすら主役の二人の心に焦点をしぼることができる。たぶんあまりにも現実から遊離した世界だからだろう。だが逆に、木原音瀬くらい文章のうまい人が、心情の揺れ動きにひたすら筆を注ぐと、極端に作りこまれた狭い世界の中で、登場人物が途端に普遍的な深い心を持って動くという事態が発生する。『あのひと』は、「男と女」という関係よりもさらに深く、究極の「人間と人間」の関係を描きたいという欲望が生み出した、「男と男」という小説のジャンルの、今のところ一つの到達点であると思う。

しかし木原音瀬は、狭い世界で美しい男たちがホレたハレたを繰り返すホモ小説に少し距離を持っていて、それを逆手に取った作品も書いている。小さな無人島にデブで××のいけすかない上司と二人っきりで取り残されてしまったゲイの男が、いったいどういう行動を取るか、という話である。ふつうは「俺はゲイじゃないのに、いくらサトルが綺麗な男だからって、どうしてこんなに気になってしまうんだ」とか、「いくらタカシが格好いいからって、あいつはゲイなんだぞ。誘惑されてどうする」とか、もう本当にどーしよーもなくくだらない設定の作品があふれているホモ小説界において、デブで××の上司とゲイの部下なんて、物語がはじまりようもないほど実験的な設定なのだ。ちまたのホモ小説をこれも自らパロディーにしているわけで、このジャンルがかなり成熟してきている証拠となるだろう。

他の作者にも、さまざまな試みをしている人達がいる。特に、天皇物があったのには笑った。舞台は平安時代だったが、恐れを知らぬ女のファンタジーは天皇までもゲイにしてしまったのだった。べつに私はゲイだってレズだってかまいはしないが、しかしさすがに『文學界』では天皇をゲイにはしにくいだろう。まさにすべてのタブーを辞さず、といったところで、個人的には、これからももっとおかしな設定が増えてくれることを望んでいる。

はい、花子ちゃんどうもありがとう。なんだか放っておいたら知らぬ間にどんどん書いてて、終わりそうにないので強制的にこの辺でやめさせました。今度は純文学の中の同性愛について語りたいと言ってるので、またネタがないときにはお願いします！

ホモ小説入門

黄泉《よみ》交通のような赤いランプに変わった最終バスに乗り、廃寺の前の停留所で降りる。木が鬱蒼と生い茂った細い坂を上って家に帰ると、同居人は鉄製ベッドの上に眠っていた。手も洗わずに仕切りの布をめくって部屋に侵入した僕は、あまりに静かに横たわる身体に、思わず傍らに膝をつき、そっと彼の胸に耳を寄せた。

みなさんお元気ですか。夏だっつうのに去年から一度も泳いでません。だから色白だったのに、なんか最近は黄疸《おうだん》が出てるのか黄ばんできました。キング・オブ・不摂生。以前なら、猫を飼う一人暮らしのOLを、「そんなのはただの『淋しい病（略して淋病)』だ！　精神が惰弱な証拠！」と鬼将校みたいにけなしていたのに、今では犬を飼いたくてたまりません。寂しいんだよお。このまま（黄疸出たまま）一人で死ぬのはいやだよお。

そこで、寂しい友達を集めて、老後に向けて計画を発動。五人ぐらいで、『妄想の館』という屋敷を共同建築。近所の子供たちに「あの家、魔女が住んでるんだぜー」とか言われつつ、身寄りのない女ばかりが集まって妄想のうちに一生を終える。一人一千万の貯金を持ち寄れば、大正モダニズムっぽい素敵な館が作れるはず。でもフリーターなのにどうやったら一千万の貯金ができるのかな。これから五十年働くとしても……

絶望的になっていたら、友人の山田花子（仮名）がやって来て、「じゃあ（女の子向け）ホモ小説を書いて稼いだら」と言う。それで書いてみたのが、一番冒頭の文章です。どうでしょう、花子ちゃん。私、この道で一千万の貯金ができるぐらい稼げるでしょうか。

花子「ぜんっぜんダメ」

ええっ、ダメなの。どうして、どうしてー？　ちゃんと檀一雄《だんかずお》の『花筐《はながたみ》』（冬樹社）を読み返して研究したのに。

花子ちゃんはひとしきり『花筐』を読み、「どこがホモ小説なの？」と首をかしげながら帰ってしまいました。私は文学少女だった（過去形）から、これを小学生の時に読んだのだけれど、無垢だった（過去形）私が「この話は何か変だ」と感じたのだから、やはりこの話には何かがあるのだ。

『花筐』は、お坊ちゃんで奥手の榊山《さかきやま》君が、海辺の学校で、逞しく勇ましい鵜飼《うかい》君と巨大な頭を持つ吉良《きら》君と友情を結ぶ話だ。それに、榊山君の美しいおばと親戚の病弱な美少女美那子《みなこ》をめぐる恋が絡まり、今となっては物凄く大時代な青春物語が繰り広げられる。ただ、作者の感性はキラキラと輝き、恥ずかしい一瞬の季節が「青春」なのだとしたら、これほど素晴らしい青春小説も、確かになかなか他に無いのだ。

榊山君にとって、いつも思考している吉良君も、いつも逞しい裸体をさらして海で泳いでいる鵜飼君も、一歩も二歩も先を行く「お兄さん」といった存在なのだが、二人は純情で真っすぐな心を持った榊山君に一目置いていて、とても可愛がっている。少年たちはそれぞれ、美しい女に恋をするのだが、物語の中で一か所、突然出て来て突然消えていく、どうにも解せないエピソードがあるのだ。

ある日、鵜飼と榊山は港の方に出かける。そこには「怪しい家が海に沿って、軒並につづいて」いて、「いきものの荒々しい気配」がしている。「二人は別世界に入ったような大胆な情熱を感じはじめ」て、「明日のよる、僕らここに宿まらないか？」ということになる。私はこれまで何度も何度もこのシーンを読み返した。まったくわけがわからないからだ。さて翌日、待ち合わせした二人は、「待った?」「随分ね……でも君が待つといけないからと思ったんだよ」などという、なんだかイチャイチャした会話をかわす。そのうち鵜飼は、榊山が昨日の約束を後悔しはじめたのではないか、と思いだす。鵜飼は「榊山を誘ったのはいけなかった。まるで榊山を計略にかけて卑怯な試練台にのせてしまったようなものだ。」と反省し、榊山の恋している少女たちがいる寄宿舎に夜這いをかけ、接吻を奪うことを新たに提案するのだった(なんだかなあ、もう)。

さて、以上が問題の場面なのだけど、二人は具体的には一体「何」を約束していたのでしょう。可能性は三つしかない。

(1) 海辺の怪しげな家には娼婦がいる。そこで女を抱こうぜ、と約束していた。
(2) 海辺の怪しげな家は連れ込み宿のようなもので、そこに女を連れ込もうぜ、と約束していた。
(3) 海辺の怪しげな家は連れ込み宿のようなもので、そこで二人で抱き合おうぜ、と約束していた。

私はもちろん（3）以外にないと思うのです。なぜかと言えば、（2）であるとすれば、どんな女を連れ込もうか、とか、迷う場面があったっていいと思うから。同じような理由で（1）もありえない。榊山君は当然童貞だから、もしも（1）なのだとしたら、もっと気負いとか意気込みとかためらいとかあるはずだ。青春文学なんだから、そのへんの内面はちゃんと描写しようとするだろう。ということは、やはりここは（3）しかないのだ。二人は「海辺の怪しげな家」で友情をさらに確かめ合おうとしていたのにちがいないのだ。そう考えれば、待ち合わせの場で鵜飼が妙に榊山をいたわって、「ねえ君、昨日の約束はもう止すよ」と言うのも、榊山が青ざめながら、「いいじゃないか、僕はほんとにいいんだよ」などと言うのも、フムフムなるほど、だ。

もっと堂々と書けば、「ああ、女を抱きに行くんだな」と勝手に納得するのに、妙にコソコソしてるから「あやしい……」と疑いを持たれてしまうのだ。この作品に対する文学界の定説がどうなってるのか知らないが、私の中では「青春ホモ小説」として燦然《さんぜん》と輝いているのであった。大林宣彦《おおばやしのぶひこ》が映画化を切望してるという噂も聞くし、映像化されたとき、あの曖昧なシーンがどう解釈されるのか、楽しみなような不安なような。

そうそう、それで、この『花筐』をお手本に、ちょっと現代向けにアレンジして「思わせぶり度」を上げてみたのが冒頭の文章だったのに、ハナコちゃんには不評だったわけだ。なぜなのかなあ。やっぱり、夜這いして接吻を奪う、ぐらいのことはしないといけないのかなあ。

……手も洗わずに仕切りの布をめくって部屋に侵入した僕は、あまりに静かに横たわる身体に、思わず傍らに膝をつき、そっと彼の唇を奪った。

あらら、接吻を奪っても駄目じゃない。さらに悪くなって、単なる卑怯者になってしまった。山田花子先生のご指導のもと、みごと一千万の貯蓄があるホモ小説家になれるのか？　待て次号！

星って見えすぎると気持ち悪い

『天然コケッコー』（くらもちふさこ・集英社）を読む。以前漫画喫茶で少し読んだのだが、古本屋に既刊分が入荷していたので購入。これがすごくいい話なんだわ。綺麗な川と海がある小さな村の、中学生（今は高校生になっている）そよちゃんの話。村は過疎化が進んでいるらしく、小学校と中学校を合わせても六人しか子供たちがいない。そこに東京からの転校生・大沢《おおさわ》君がやってきて……。この漫画を読むと、たぶん誰でも小学校や中学校の時に好きだった男の子のことを思い出すのでは？　私も、どんなにドキドキしたか、どれだけ小さなことで脅えたり楽しんだりしたか、噂のみが情報だったか、思い出す。

　そして同時に、山奥の祖父母の家に行って、泳いだ川の水が体の中を通過していくかのように冷たかったこと、たんぼの上を飛び交う蛍をそっと捕まえたこと、村の子供たちの仲間に入れてほしくて、ぎこちなくにわかじこみの「なまり」でしゃべったこと、などを思い出す。

私はその頃は、仙川《せんかわ》（たぶん多摩川の支流・ドブ川）でも川遊びができたぐらいワイルドでかつ想像力があった。なにしろ異臭を放ち、川底がヌルヌルし、生ゴミがプカプカと流れてくる仙川に、この世で最高に清らかな小川であるかのようにうやうやしく裸足になって、バチャバチャと踏みいっていたのであるから。得体の知れぬ異常繁茂した細長い藻を、美しいもののように足の裏で愛撫するとき、私の中ではそれは、どこよりも透明で澄んだ海へと続く川であった。今考えればおぞましいばかりのドブ川でそのように楽しく遊べたのも、たぶん私の中に、川というのはこうあるべきである、というイメージが、祖父母のいる村の川の姿を通して、しっかりと刷り込まれていたせいだろう。

私の弟は、お年頃の気恥ずかしさも手伝ってか、その山奥の村があまり得意ではないようだ。でも私は小さいころから好きだったし、今も好きだ。やはり私もお年頃だったころ、祖父母の家の近所中の人から、「あら、あんたお父さんにそっくりになって」と言われ、祖母に半泣きで抗議したことがあったが。だいたい「父に似てる」なんて、面と向かって「ブス」と言っているのと同じなのだ。次からは、あまりそれを言わないでいてくれる人がチラホラ見られた。たぶん祖母が「あの子がショック受けるから言わないでやってくれ」と裏で手を回してくれたにちがいない。そのすべてが筒抜けなところが、なんとも落ち着かず、また愉快である。ずっとそこで暮らすのはものすごい気遣いと苦労の連続だろうと容易に察することができるが、たまのことだと、そんな人付き合いのありかたも新鮮に見えるというものだ。

すべてにおいて壊滅的に度外れていて、孫たちに数々の逸話を見せつけてくれた祖父も、去年亡くなった。離れた所に住んでいて、年に一度祖父母の家に行けばいいほうの私にとって、祖父はいつも優しく、しばしばおかしなことをやらかしてくれる、大好きなおじいちゃんである。私よりは祖父母の家に近い場所に住んでいる、私のいとこたちにとっては祖父はもっと身近な存在で、たぶん嫌なところや困ったところも多く知っていただろうけれど、それでも（あらゆる意味で）一目置いていたと思うし、おじいちゃんを好きだった。

祖父の初盆に、村の人たちがやってきた。その中にはタロウの姿もある。タロウは三歳ぐらいの幼児で、村には子供は彼とその弟のジロウしかいない。小学校もとうの昔に廃校になったほどの山奥なのだ。とうぜんタロウは村の老人たちのアイドルだ。

お年寄りはすぐ子供に甘い物をあげたがるのだろう、彼は母親から間食をきつく戒められているようだった。いくら勧めても、お菓子を食べようとはしない。幼児ながら鉄の意志を持った、賢い子である。

タロウはお経にはすぐに飽きたらしく、庭先に出てフラフラしだした。あわてて後を追っても、家に戻ろうとせず、「消防車のお茶碗を割ってしまった」ということだけをタドタドしい口ぶりで繰り返す。「ふーん、そうか。割れちゃったの」とそのたびに相槌を打ちながら、「よっぽど気に入っていた茶碗だったんだろうな」と思っていた。

真相は、経が終わって外に出て来たタロウの父によって判明した。タロウの言っていた「消防車の茶碗」とは、生前祖父がタロウにあげたものだったのだ。祖父も村の他の老人の例にもれず、タロウをとてもかわいがっていたらしい。物置から出てきた子供用の消防車の絵柄の茶碗を、タロウにあげたのだ。タロウはそれをとても気に入っていて、「この家に来たからには、きっとまた茶碗がもらえるに違いない」と期待していたのだ。それで、割ってしまったことをさかんにアピールしていたというわけだ。

祖母といとこと私は、それを聞いて笑った。タロウはよく覚えててえらいなあと言った。私は心の中で、そうか、タロウはおじいちゃんが死んじゃったことがわかっていないんだなあと思った。タロウは茶碗をくれた老人のことを覚えていてくれるだろうか。大きくなってふと、「そういえば小さいころ、消防車の茶碗がお気に入りだったっけなあ。あれは誰かにもらったんだっけ?」と思い出したりするのだろうか。

タロウ、消防車の茶碗をあんたにあげたのは、私のおじいちゃんだったんだよ。

タロウは顔もなかなかかっこいい幼児だから、離れた大きな集落にある小学校に上がったら、女の子にモテモテだろう。そして『天然コケッコー』のように友人たちと遊び、恋をする。そりゃあ私だって、友人と遊んだし、誰かを好きになったりもした。でも私には汚い仙川だけだったけれど、タロウには綺麗な川もあるし、村中の老人たちの愛情もあるのだ(それは若いタロウにとってはウザッたいものだろうけれど)。

私は、やがてはタロウの脳みその奥深くにしまいこまれてしまうであろう、消防車の茶碗のことを、それをたぶん嬉々としてタロウにあげたのであろう私の祖父のことを思う。

煙草を買おうとコンビニのレジに並んでいたら、店員がもう一人やってきて「こちらのレジにもどうぞ」と言う。こういう場合、当然新たに開いたレジに行く権利があるのは、二番目に並んでいる私だろう。ところが、私の後ろに並んでた男が、サッサとそっちへ行ってしまった。私が新たなレジの方へ動こうとしているのを目で確認しておきながら、だ。なんてモラルがない人間なんだ。

これは例えていえば、みんなが尿意をこらえて一列にトイレに並んでいるときに、空いた個室にいきなり脇から入るようなものだ。それまで並んでた人達は、おとなしく順番を待ってた私はなんだったんだ、こうなったら力ずくで個室を奪うぞ、ってもうトイレで大乱闘だ。もう一つ例えれば、王位継承権第一位の王女を差し置いて、いきなり妾腹の弟王子（デリカシーがないことで国民の間でも有名）が王位を簒奪《さんだつ》するようなもので、こりゃあ国家の一大事ですぞ。とにかく状況が状況なら人間社会の秩序を崩すような大事だよ、割り込みってのは。

　プンプンと腹を立てて弟に報告したら、

「そりゃあ俊敏性に問題があるからだろ」

　とすげなく切り捨てられる。ムム。

「そんなことないよ。これはモラルの問題だよ。だって私は、前におばあさんが並んでて、どんなにノロノロしてたとしても、新しいレジの方にサッサと先に行ったりはしないもん」

　と反論してみた。

　ムムムム。

「そしたら君の後ろに並んでる人が新しいレジに行くんだよ」

「ちょっと、おばあさんが先でしょ、って言うよ私」

　弟は呆れたようにヘッと笑い、「それは古いね。もののふだね、考え方が」と言って、もう相手をしてくれなくなった。そっかー、もののふかあ。馬鹿にされてんのに、なんか嬉しい気分になる、やっぱりニブチンな私だった。任侠映画ばっかり見てきたかいがあったわ。ついに私も高倉健《たかくらけん》や池《いけ》部良《べりよう》の仲間入りネ。

「おあにいさん、勘定場の順番は守っておくんなせえ」

「なんだとこらあ、セブン-イレブンはわしらのシマじゃあ。つべこべ言うんならローソンに行きやがれ」

「ご自分のシマだからこそ、通さなけりゃあならねえスジってもんがござんしょう」

「ケッ、いまどきはやんねえぜ、仁義だなんだってよお」

「馬鹿野郎！　渡世人の最低限のケジメも忘れやがって！　俺たちクズから仁義を取ったら、ただのヤクザだろうが！」

「なにおう、いきがりやがって！」

シュッ（懐に入ってたドスのサヤを振り落とす音）。チャラララー（主題歌）親が黒なら子も黒と一、畳の上じゃあ死ねないが、兄弟杯握り締め、背中の不動に雪が降るー。

一昔前、Y線（電車）にはなぜか入れ墨系の人がたくさん乗っていて、私はなんでかよく彼らに話しかけられた。

「おう、ねえちゃん。八王子《はちおうじ》までどれぐらいかかる？」

「さ、さんじゅっぷんぐらいです」

オジサンは脅えてる私を楽しむように、

「八王子ってのはこの辺と気候もちがうんだろうなあ」

などと呑気《のんき》に話し続ける。電車で三十分の場所でそんなに気候が激変するわけもない。なんでああいう人達って、たまにものすごく子供っぽい嫌がらせして喜ぶんだろ。

Y駅から乗ってきたヤクザ（あわわ）とその舎弟（たぶん十代後半ぐらい）も、ものすごく印象に残っている。彼らはちょうど私の向かいの席に腰を下ろした。見るからにその筋の人なんだけど、舎弟がおもむろに上着を脱いだ。すると下はTシャツで、腕までバーンッと立派な彫り物が！　乗客はついに証拠を突き付けられた、って感じでそれを凝視した。そしたら兄貴分の方が一言「着とけ」って。声を荒げるわけでもなかったけど、有無を言わせぬ重みがあった。もちろん舎弟は「すんません」って感じですぐにまた上着を着たわ。なんかすごいシーンを見たなあと思った。

M駅で降りようとしたおばあさんを押しのけて電車に乗ろうとした若者を、

「このおばあさんが先だろう！」

って、胸ぐらつかんで説教してる、ものすごいこわもてのヤクザ（あわわ）もいた。彼らの実態がどんななのかはよく知らないけれど、少なくとも任侠映画に多大な影響を受け、その世界の男の生きざまにドップリ浸かっていたいと思ってる人がけっこういるのは確かみたいだ。

そういえば学校にいた修道女のおばあさんが、「みなさん、人をみかけで判断してはいけないというのは本当ですねえ」としみじみ語り出したことがあった。シスターは町で具合が悪くなって、しゃがみこんでしまったそうだ。でも道行く人々は冷たく通り過ぎるだけ。目の前が暗くなって、「もうだめだ」と思ったとき、「おいばあさん、大丈夫か」って助けてくれたのが、ヤクザだったんですねえ。彼は親切にもシスターをおんぶして木陰に連れて行き、駅まで送ってくれたらしい。「私はああいう方たちに偏見をもってきた自分を恥じました」とシスターは締めくくった。たしかに恋に発展してもおかしくないぐらいのシチュエーションだ。私はいつも、「茶髪の若者が席を譲ってくれて、思わぬ優しさにおのれの不徳を恥じた」みたいな話は、なんか論理が変っていうか単純すぎて結局ちっとも不徳を恥じてることになってないっていうか、とにかくいまいち言いたいことがよくわからないんだけど、でもシスターの物語を聞いたときには、「ああ、ここにも任俠の徒がまた一人……」とちょっと嬉しかったぞ。

ヤクザ（あわわ）のおじさんたち、これからもどんどん映画と現実の狭間をうまく認識できなくなっていってください。あなたたちは渡世人だ。高倉健だ。陰ながらそっと見守ります。だから頼むから八王子までの所要時間を聞くのはやめてください。それから、今日セブン-イレブンにいた仁義をわきまえぬ輩《やから》に、つらい渡世の掟ってやつを骨の髄まで知らしめてやってください。お願いします!

身代わり少女幻想

長年「少女」を独自に研究しつづけてきた、ロリコン野郎も真っ青の変態である私だが、最近あらためて、少女という病の根の深さに直面させられたぞ。
集英社コバルト文庫（少女のための恋愛小説）の『姫君と婚約者』（高遠砂夜《たかとおさや》）を読んだのだ。これはかなり、読むのに体力を必要とした。私はすごく疲れて、気がついたら電気をつけたまま朝になっていた。自分では少女のつもりだったけど（ズーズーしい）、少女小説を読むのにこれほど体力を要するなんて、もしかして私はもう少女じゃないのかしら？

『姫君と婚約者』の粗筋はこうだ。ディアゴール王国に一月後に隕石が落下することがわかり、王国の末姫である勝ち気でお転婆なアリィシアは、父王と神殿の命令で、魔法使いガルディアと結婚しなければならなくなる。ガルディアは隕石の軌道を曲げるぐらいの魔力の持ち主だからだ。人嫌いのガルディアは険しい岩山の上に住んでいて、アリィシアはそこまで自力で登っていかなければならない。

「もうー、国のために魔法使いを誘惑して、隕石を曲げてもらえですって？　冗談じゃないわよ！」（要約）

「フン、ここまで一人で来られたら、そして私の心をおまえに傾かせられたら、考えてやってもいい」（要約）

トホホ。まあおおかたの読者の予想を裏切らず、アリィシアは岩山の魔法使いの館に迎え入れられ、頑《かたく》なな彼の心を開かせるのよ。それで隕石の軌道も魔法で曲がって、大団円。安心できる話の展開ぶりだが、しかし改めて一つ発見したことがあった。

じつはガルディア（三百八十五歳だけどもちろん外見は若い）はその昔、アリィシアの母親と恋に落ちて、手酷く裏切られたことがあったのだった。

「私を見てよ、ガルディア。お母様に似た女としてじゃなく、私を！」（要約）

きたきたきたあっ。これですよ。要チェックなのはここです！　少女小説・少女漫画の王道。愛した男が、じつは母親の昔の恋人だった！　まあ現実的には年齢の問題があるから、たいがいファンタジーの世界で使われる設定だけど。

男は年を取らない（もう成長しない）。そして女の方は、「私だけが年を取っても、愛してくれる?」もしくは「すぐにお母様みたいに大人の女になるから」と言うのだ。これはエレクトラ・コンプレックスの変形版なのか?『アリーズ』(冬木《ふゆき》るりか・秋田書店《あきたしょてん》)という少女漫画も究極的には、恋人は自分の母親を愛していると思い込んでいる娘が、最後にようやく男の愛が自分自身に向けられたものだったのだと確信する話だ。

これもものすごく笑える(失礼)設定で、なんとギリシア神話のハデスとベルセフォネーが現代の日本に転生して……というもの。ハデスはベルセフォネーの母のデメテルと相思相愛だったんだけど、ゼウスに仲を引き裂かれてしまう。それでハデスは地底で孤独に暮らしていた。そしてそんな彼の心を開いたのが、ゼウスとデメテルの間に生まれたベルセフォネーだったんですね。

少女の妄想の中では、岩戸にこもってしまった天照大神《あまてらすおおみかみ》状態の男が大人気。でもべつに岩戸の前で裸踊りしなくても、明るい笑顔一つで男の心の扉は開いちゃうのよ。なんといっても少女だから。少女の笑顔は岩をも砕く、から。

ハデスはベルセフォネーを愛するようになるんだけど、ベルセフォネーは「ハデスはまだお母様のこと愛してるんだ。だから似ている私と結婚したんだ」と哀しく思っている。思い込みの激しいのが少女という生き物。

　現代に転生してからも、ハデスはベルセフォネーの神力を狙って寄ってくるゼウスを、必死に追っ払う（つまりベルセフォネーは、父親になるかもしれなかった男と、実の父親と、両方からアタックされてるのだ）。神殿（現代にも造った）とかガラガラ崩れて、死にそうになりつつもベルセフォネーのために戦っているハデス。なのにあいかわらずベルセフォネーは、「ホントはハデスはお母様のことが好きなのよ。なのに私が無理やり『結婚して』って言ったから、あの人は優しくて断れなかったのよ」（要約）なんてほざいている。

　私が男だったら「このバカタレがー！　だれが好きでもない女にこんなに尽くすかあっ」とヤキを入れてやるところだわ。でも少女たちは、「ああ、ベルセフォネー可哀想。早く気づいて。ハデスは本当にあんたのこと好きなのよ」とヤキモキと応援するのよね。

　病膏肓《やまいこうこう》に入る（1、治療できないほど重症。2、どうしようもないぐらい何かに夢中）とはこのことか。歪んで変形してはいるが、父親への愛情以外の何物でもない感情の発露。自分の母親への嫉妬心と、父親をめぐる争いに勝ち目はないという諦め。

「身代わりである自分」への自虐的な暗い歓び。

では、どうしてこういう物語を少女たちが求めるのか、その答えも物語の中に示されている。

『姫君と婚約者』ではアリィシアの母親が、『アリーズ』ではデメテルが、それぞれ娘を自分の元恋人のもとに行くように後押しするのだ。そしてそれは（物語の中では明確に語られないが）、かつての恋人の心がまだ自分の上にあるのかどうか、確認するための作業だ。男が若いときの自分にそっくりな娘を愛するのを見て、母親はひそかに安堵《あんど》するのに違いない。「彼はまだ私を愛している。娘に私の面影を見ているのだ」と。物語のお約束としては、最後に母親は、男の愛が完全に若い娘に移っていることを突き付けられ、喪失感にさいなまされるのだが。

男はいつまでも若々しく、女は男（父親）に愛されて、年を取ると捨てられる。そして捨てられる運命にある自分に恍惚とする。女のファンタジー（幻想）ってのは残酷だなあと思うけれど、なによりもすごいのは、そのファンタジーを連綿と少女たちに物語として教育していくところだ。フェミニズム的にはもしかしたら、そういうファンタジーを女に強要してるのは男なのだ、という結論になるのかもしれない。たとえば、身代わりであることに自虐的快感を覚えるあたりが、男の「教育」の賜物なのだ、とか。しかしまあそこまで言い切ることはできまい。このファンタジーの根本的な原因が「男（父）」か「女（母）」のどちらかにある、と断言できるはずがない。

かくして今日も、少女たちの病は深く静かに進行していく。彼女たちは現実ではやがて、一番愛した男（父親）と結ばれることを諦めて、他の男と結婚する。そして、私が一番愛されたかったあの人は、まだ私を愛してくれているかしら？　と試すのだ。自分の分身である娘を、夫（娘の父親）にけしかけることで。もちろん一方では「男（父親）の愛を勝ち取るのは、いつだって娘なのだ」という果たせなかった幻想を、物語としてぬかりなく娘に伝えながら。

「大草原の小さな家」って言うけど、
充分大きい家だよ、屋根裏もあるし

たまの休みなのにどこにも遊びに行かず（寒いから&給料日まで二週間あるのに、財布の中身が1191円だから）、ドテラを着てテレビを見る。

そうしたらテレビショッピングで、すごいものを発見。その名も『下腹《したばら》ベルト』！　腰痛ベルトみたいなものです。と言っても、家にお年寄りがいなかったり、腰痛とは縁のない仕事の人は知らないかもしれない。腰痛ベルトとは、まあ早い話がダサいコルセットで、伸縮自在の帯だと思えばよろしい。両端にマジックテープがついていて、ギューッと腰に巻いて固定する。

『したばらベルト』はファション性を重視（？）して、腰痛ベルトよりもずっと薄い。でも原理は同じで、伸縮性の高いサラシだと思えばよい。このサラシでポコッと出た下腹部をギュウギュウ締め上げ、ペッタリしたおなかにする。薄手なので、上から素敵な洋服を着ても、『したばらベルト』のラインが見えてしまうこともない。すぐれもの！

私には必要ないけれど、給料日が来たら母のために購入してみようかしら。母のためにね。父には買ってあげない。だって無駄だもの。彼は『布袋腹ベルト』の開発を待つしかないのだ。

『したばらベルト』を見ていたら、『大草原の小さな家』を思い出してしまった。なぜかというと、私の祖母は腰痛ベルトをしていて、その祖母が、テレビドラマの『大草原の小さな家』でチャールズ父さん役をやっていた俳優さんが癌で亡くなった時、「まあまあ。あんなに頑丈そうな人だったのにねえ」と言ったのがおかしかったからだ。

たしかにチャールズ父さんは「気は優しくて力持ち」の典型だった。だけどさあ、ばあちゃん。あれはドラマなんだってば。ドラマの中で力持ちでも、実際にはチャールズ父さん（役の俳優さん）は病弱だったのかもしれないじゃない。でもばあちゃんにとって、ローラの一家はサザエさん一家よりも身近だったため、虚実の狭間がうまく認識できないらしい。ばあちゃんは、「頑丈な人ほど体には気をつけるべきである」という教訓を胸に刻んだ。

私が『大草原の小さな家』から得た教訓は、「マッチョでなければ愛せない。しかしマッチョなだけでは意味がない」ということである。チャールズ父さんは私の理想だ。かっこいいし、適度にワイルドだし、家も自分で作るし、哀愁のバイオリンを弾くし、家族を大事にする。これで彼がピューリタンでなければ完璧だわ。ガフガフとお酒を飲んで、バカバカ煙草を吸う女は、たぶんインガルス家の嫁としてはふさわしくないだろう。

でも、そういう素敵な父さんを持ったローラが選んだのは、アルマンゾだったのよ？　そりゃあアルマンゾもマッチョな農夫だ。父さんと同じぐらい力持ちだ。ファザコンのローラがコロッと参ったのもわかる。でも本当に、「マッチョな農夫」なだけだったのよ、アルマンゾは！　子供心にも思ったものだった。アルマンゾじゃ駄目だ、ローラ！　奴には何かが決定的に欠けている。チャールズ父さんにあって、アルマンゾにはないものが、なにかあるぞローラ！　と。

父さんにあってアルマンゾにないもの。ズバリ言っちゃうと、それは知性なんではなかろうか。優しさとか思いやりとか愛情というものは、究極的には知性があってこそ発揮できるものだと思う。知性がなかったら誰かを思いやることも愛することもうまくできないのだ。感情は誰にもあるものだけれど、それをどう表現するか、どう深めるかはひとえに、その人にどれだけ知性（自分や相手の心を洞察する力や理解する力）が備わっているかにかかっている気がしてならない。

アルマンゾだって朴訥《ぼくとつ》でいい奴だ。でも「それだけ」だ。チャールズ父さんの愛し方を知っているローラには絶対ものたりないはずだ。

チャールズ父さんは、自分の奥さんが台所でシクシク泣いていて、それが町でならず者に手を引っぱられたショックのせいだと知ると（奥さんもピューリタンだから、自分の旦那以外に手を握られたら大事件だ）、町に出かけていってそのならず者を殴った。それは奥さんの心が傷つけられ、奥さんが悲しんでいたからだ。

もちろんアルマンゾだって、ローラがならず者に手を握られて泣いていたら、町に出かけていってならず者をぶちのめすだろう。でもそれは、「俺の女に手を出しやがって」という理由でなのだ。

チャールズ父さんだって、少しは「俺の女に手を出しやがって」という怒りもあっただろう。でも最終的に彼がつき動かされた理由は、奥さんの悲しみと悔しさをキャッチしたからだ。

チャールズ父さんもアルマンゾも、自分の奥さんを愛していることには違いはないし、腕力があることも同じだが、ここが決定的にちがう部分だ。はっきり言ってローラは男を見る目がない。チャールズ父さんという偉大な男が常に側にいたから、目が曇ったのだろう。「気は優しくて力持ちでおまけに知性もある男」でなければ、「チャールズ父さん」たりえないのだ。私はファザコン・ローラの失敗を目の当《ま》たりにして、幼き日に深く心に誓った。同じく「チャールズ父さんコンプレックス」の私は、慎重に行こうと。「マッチョ」というだけで決め手にしてはいけないのだと。

でも現実の世界に、はたしてチャールズ父さんみたいな男は本当にいるのだろうか。ずっと探してきたけれど、「気は優しくて力持ちでおまけに知性もある男」なんてそうそういない。「気は優しくて力持ちでおまけに知性もある女」は、私の友達にけっこういるのに。

チャールズ父さんを探しあぐねているうちに、『したばらベルト』を着用しなければならない女になってしまう（腰痛ベルトはすでに経験済み）。助けてアルマンゾ！

（妥協）

カバのカバカバ・コアラのコアコア・ライオンのライニーちゃん

今週一番うれしかったこと。下痢になったおかげで便秘が治ったこと。

今週一番驚かされたこと。コービー・ブライアント（NBA・レイカーズ）の名前の由来。

レイカーズの試合を見ていて、私はあることに気づいて弟にご注進した。

「ねえねえ。コービー（KOBE）ってスペルが『神戸』とおなじなんだね」

「だってコービーのお父さんが神戸牛のうまさに感動して、息子の名前にしたんだもん」

「またあ。また私をだまそうとしてー」

「いやこれはホントだって」

私はそれから八回ぐらい「冗談でしょ？」と聞いたけれど、弟は「絶対に嘘はついてない」と言い張る。

オオー、アンビリーバボーなネーミング法ですぞ、コービーのパパ。神戸牛が好きだから息子はKOBE（コービー）。それは日本人で考えると、ジャガイモのうまさに感激して「愛田穂」（めたほ＝アイダホ）とか娘につけちゃうようなもんだ。憶良帆馬（オクラホマ）とかさ。

きっとコービーは小さいころ近所の子供たちに「やーい、牛、牛」といじめられたにちがいない。それで「いつかきっとおまえらを見返してやる。神戸牛なんて毎日食ってもおつりが来るぐらい稼いでやる」と胸に誓い、見事NBAのビッグスターになって今に至る、と。そういえばコービーの顔って、ちょっと牛っぽいかも。

やはり名前って重要だわ。人格を成立させる要素の中で、顔と同じぐらい重要よ。たとえば私はものすごく平凡な顔だ。でも私の名前しか知らない人は、「色素が薄くて目がパッチリしてる可憐な女の子」をイメージして、大変期待して顔を見に来る。そして大層がっかりして帰って行く。そういうことを何度となく繰り返すうちに、私は心の中で常に、

「すいません、すいません。名前負けしたつまんない人間ですいません」

と謝ってるような性格になった。

いったい世の親どもはどうやって子供の名前を決めるのであろうか。私は『個性《こせい》で選《えら》ぶ新《あたら》しい赤《あか》ちゃんの名前《なまえ》』（国脇泰秀《くにわきたいしゅう》・西東社《せいとうしゃ》）をアルバイト先の古本屋で購入した。レジで本を出したら、アルバイト仲間たちが遠巻きにこっちを見ている。

「なんですか？」

「……こどもできたの？」

「できません！」

やれやれ。さてと、と本をめくってびっくり。さすが「個性で選ぶ」だけあって、ものすごい名前が約一万個も並んでいる。一例を挙げると、「夏里武（かりぶ・カリブ海）」「序晩（じょばん・『銀河鉄道《ぎんがてつどう》の夜《よる》』のジョバンニ）」「亜多夢（あだむ）」「央土里（おうどり・オードリー・ヘップバーン）」「垂比香（すぴか）」……もうやめとくけど、とにかく笑える。いや、私も人の名前を笑えるような名前じゃないけど。

この本を読んで思うのは、「気に入った音」に「それらしい漢字を当てる」のはやめたほうがいいということだ。漫画の主人公ならいいけれど、名前は何十年もその子についてまわるものだから、何通りでも替えのきく「当て字」だと、どうしてもインパクトが持続しない。「この名前をこういう思いでつけるからこの漢字」とはっきりしていないと。だからたとえば「序晩」は、「銀河鉄道のジョバンニ」という理由はいいとして、どうしてこの漢字なのか意味がわからないから、名前としてのインパクトよりもおかしさが先にきてしまう。私だったら「ジョバンニ↓ヨハネ↓ヨハン↓与半」とかにするな。「与半」。与作《よさく》みたいで日本的渋さがあるし（？）、「自分の持っているものの最低半分は人に分け与えるような人間になってほしくて」とか、適当なそれらしい由来もくっつけやすい。

そう、この名前の由来ってのがまたくせ者なのよ。どうして小学校では必ず、「名前の由来をおうちの人に聞いてきましょう」とかいう授業があるの？　なるべく名前は無かったことにしたいのに。ふだんから自分の名前を忘れる努力をしているおかげで、名前をきかれても五秒は考えないと思い出せないぐらいにまでなったのに。小学校ってホントに残酷で非情なところだよ。コービーもファッキンエレメンタリースクールのせいで「うしー、うしー」っていじめられたのよ、たぶん。酷い。

ちなみに私の名前の表の由来は、「紫苑の花が咲く頃（秋）に生まれたから。紫苑みたいにまっすぐ素直に育つように」よ。でもすでに小学生の時点で、唾棄《だき》すべき由来だと感じていたわ。だって素直な子供じゃなかったもん。それもこんなウガッた名前つけられたから、ヒネくれちゃったんだけどさ。こういう名前つけといて「素直に」なんて、親も無理なこと言うよ。

　でもホントは裏の由来があったのだ。実はこの名前は、石川淳《いしかわじゅん》の『紫苑物語《しおんものがたり》』から取ったものだったらしい。バッサバッサと人を殺して、その血が染みたところから紫苑がはえました、という話。なんて殺伐《さつばつ》としてるんだ。しかも紫苑の別名は「鬼の醜草《しこぐさ》」というのだ。「しをん」と聞いて洋風の顔立ちを想像した人たち、やっぱり不正解です。紫苑は鬼の醜草なのです。

「へえー、そんな別名があるとは知らなかった」

とは親の弁。ちゃんと調べてからつけてよー。

　でもコンパ（お呼びがかからないけど）で、「変わった名前だねえ、どんな意味があるの？」とか聞かれて、「石川淳の小説で『紫苑物語』というのがありまして」なんて説明していたら場がしらけるよ。だから「花の名前です」としか言わなくなった。

　名前をつけるさいの注意点。

　一、平凡な顔、特技なし、の人間が大半です。あなたの子供も確率的にいって、たぶん平凡です。あまり凝った名前はやめましょう。生きるのがつらいです。

二、当て字は避けましょう。いくらあなたが今アニメや漫画にハマッていても、子供が八十歳になって孫やひ孫に囲まれるところを想像してみましょう。その時に恥ずかしい思いをしないような、意味を持たせた漢字にすべきです。

三、誰かに聞かれた時に子供が答えやすいような由来を、ちゃんと考えておいてあげましょう。小学校という恐怖の教育機関が、お子さんを待ち受けていることをお忘れなく。

私は弟が生まれたとき、名前は「マリン」にしようと言い張った前科がある（たぶんそういうアニメを見てたのだろう）。それは却下されたけれど、弟の名前は当て字で、由来は三島由紀夫《みしまゆきお》の小説にある。

彼はマリンにならなかっただけ、親に感謝すべきなのだろうか。ちなみに今回のタイトルは、私がご幼少のみぎりに持っていたぬいぐるみの名前だ。こんなネーミングセンスの親と姉（無職）がいるなんて、弟はけっこう不幸だと思うのであった。

馬○につける薬

左肘を痛めた。腕を水平にのばして手のひらを上に向け、そのまま腕を曲げていくと、手首から肘の内側を通り腕の付け根まで、一直線に激痛が走り抜ける。その痛みといったら、息が止まってから三秒後にようやく、「ウグアウオウ」という悲鳴が喉から絞り出される、といった塩梅だ。

原因はカーブの多投。なわけがない。

私は寒がりだから、モコモコに着膨れて寝る。しかも不精だから、何枚も重ねたままの状態で一気に着脱する。悲劇はその時に起こった。

何枚も重なった寝間着（内訳：トレーナー・着ているところを誰にも見られたくない最低のポロシャツしかも色は紫・いわゆる保温肌着）は伸縮性が悪くなっており、しかも重なる事で鋼鉄のように固くなっていた。それを頭からかぶり、袖を通そうとしたら、肘がひっかかり、変な角度に曲がった状態でつっかえて、バキッとなったのだ。

ものすごく格好悪い衣服（とも言えぬ代物）の中で、私は悶絶したね。頭も腕も外に出せぬまま、亀のように床にかがんで涙した。それを一回ならまだしも、二回もやってしまったのだから、まあ肘もボロボロになろうというものだ。

さらに、最初はものすごい痛みのため、どういう角度が一番「響く」のか、実験することすらままならなかった。しかし古本屋の丁稚《でっち》である私に、休息は許されない。漫画をグワッとつかんで運んだり、文学全集をグイグイ縛って積み上げたりしなければならない。その際にうっかり「響く」腕の角度をしてしまおうものなら、声も出せずにもんどりうって、本の山をザラザラ崩しながら、「グオオオオーッ」と荒い息を吐き出さずにはいられないのだ。迷惑千万なやつ。しかも一瞬のうちにビキビキッと脳髄直撃の痛みが襲うものだから、どういう角度をしたために痛かったのか、ちっともわからない。学習できぬまま、何度ももんどりうったものさ。

『ねじ式』みたいに腕をブラブラさせて、憔悴《しょうすい》しきって帰宅する。とにかく私は運動には無縁だから、怪我に慣れてない。そのため外傷の痛みに弱くて、おおげさなのだ。弟は基本的に私と同じく根暗《ねくら》なんだが、運動神経は抜群だ。根暗な運動部員。なんだか最悪に始末におえない人種。まあいいや。バスケなんぞやっておるおかげで、彼の軟膏コレクションはすごいものがあるのだ。私は弟の所持するヤクの中に、巨大なチューブに入った黄色い軟膏を発見した。

「これなんてどうかなあ。この激痛にきくかしら」

「きくよ。それ、馬につける薬だから」

えええーっ。馬に！　馬につけるものを人間様に塗って大丈夫なんですか！

半信半疑で黄色い軟膏をヌリヌリした結果。ききましたよ、見事に。しばらくはだるく痺《しび》れてホントに『ねじ式』状態だったけれど、何日か塗ったら電撃みたいな痛みは和らいでいってくれた。しかもなんだか腕がサラブレッドみたいにすんなりとしなやか、にはならなかった。それは無理。とにかくありがとう、馬につける薬！

不自由になってしみじみと、左手のありがたさも実感する。私は右利きなので、ふだんは「ええい、このグズでノロマで不器用な左手め！」などと彼を軽視しがちであった。ジョイント部分故障による左アーム凍結のため、ようやく彼の偉大さを認識するにいたるというこの皮肉。

けっこう左手って使うものですね。右手に箸をかまえ、左手で茶碗をしかるべき位置まで持ち上げる。これができない。持ち上げる途中（卓からの高度約八㎝付近）で激痛に襲われ、茶碗をひっくりかえしてしまう。しかたなく犬食いする。

それからブラジャー。ファッキンブラジャー。複雑怪奇な角度で背後に腕を回す、などということが今の俺にできるわけなかろうが！　かといってホックを前で留めて後ろに回す、ってこともできない。だって胸の位置まで腕が上がらないんだから。どうしたかって？　彼氏に留めてもらいました。すみません、つまらぬ見栄を張りました。タンクトップにしときました。そんなにデカい胸じゃないし、冬だから特に困らないっす。

さらに髪の毛をとかすとき。私は髪の毛は左手でとかすんじゃい。しかし非常事態なので背に腹はかえられず、ブラシを左から右に持ち替える。案の定うまくとかせない。俗にいう「すずめの巣のような頭」で出勤。

つまらん細々したことばかり左手でやる癖がついてて恐縮ですが、布団をかけるのも左手なのだ。敷布に座り、足元で二つ折になった布団を左手で引き寄せてかぶりつつ横たわる、という動作を、腕を曲げずに成し遂げることは不可能だ。そこで、パフッと布団をかぶる幸福感は涙を呑んで放棄し、あらかじめ布団をちゃんと広げてセッティングしておく。これはもちろん右手でやる。次に、左腕は伸ばしたまま、布団と敷布の間に「匍匐《ほふく》後進」の要領でモゾモゾと突入する。そんな面倒なことせずに右手で布団かけりゃいいだろ、と思われるでしょうが、右手でかけた布団は寝てる途中で必ずズレてどっか行っちゃうんだよ、恐ろしいことに。

そういえば受話器を持つのも左手だけど、これは支障なかった。誰からも電話がこなかったから。

そんなこんなで、ふだんあまりにも自分の身体に無頓着な己れを反省した次第です。これで私がヴァイオリニストだったり、吊り革（っていうのか？　あの体操の種目は）の選手だったりしたら、この事態はもう目の前真っ暗、本当に人生の危機だと思うもの。もしかしたら、ああいうスペシャリストはそこに至るまでに鍛えられているから、そう簡単に肘を痛めたりはしないのかもしれんが。

何はともあれ、少し体を柔らかくして、関節部分を滑らかにしようじゃないか。ストレッチを試みたとたん、再び左アーム部分損傷。

私の辞書に学習の文字なし。

ニキビのせいで真っ赤なお鼻なの。もういや（自分が）

町に鈴の音が鳴り渡り、鼻の赤い動物がみんなの笑い者になり、寝室に忍び込んできた変質者がじつは恋人だった今日このごろ。みなさまいかがおすごしですか。

私はアルバイト先で毎日十一時間も上記のような歌を聞かされつづけ、いいかげん脳細胞が壊死《えし》しました。私に許された音楽は、現在のところ上記の類いの曲と、閉店の案内の「蛍の光」しかないのです。これを苦痛といわずしてなんといおうか。

「グレン・グールドの映画の割引券あるよ」（いつも本を売りにくる職業不明のおじさんが、お歳暮として置いていったらしい）

「うおー、行きます行きます！」

とか言ってるときも、かかっているのは「赤鼻の○○○○」。諸悪の根源の手下の動物の名を呼ぶのは、いまいましいから伏せ字。

そんなおりもおり、友人J子（仮にジャイ子としておこう）が、

「コマ劇のタダ券あるからいかない？」

と誘ってくれた。

「ありがとう。で、今は何をやっているの？」

「わかんなーい」

「……誰が出てるの？」

「左《ひだり》とん平《ぺい》とカトちゃん」

「……」

なんかいやな予感がするよ。だいたい私、コマ劇って入ったことない。「コマ劇横地下」のアプルには行くけれど、コマ劇は未知の劇場だ。

飾りつけされた円錐型の木があちこちに置かれ、ショーウィンドウも「それ」に備えて雪を積もらせてあったりする。そんな新宿の町を無表情に通り抜け、私はジャイ子の後をついていった。

「ねえ、ジャイ子。なんだかさあ、お年寄りが多いね」

「平日の朝だから、若者はあんまりいないわよ」

「……気のせいか、このお年寄りたち、みんなコマ劇に向かっているみたいなんだけど」

「……この通りを歩いている人たち、平均年齢六十五歳は軽くいってるわね」

ジャイ子もついに認めた。私たちがこれから、とんでもない世界へと足を踏み出そうとしているのだということを。

コマ劇のロビーはすごかった。弁当をむちゃくちゃたくさん売っていて、デパートの駅弁フェアみたいなことになっている。さらに妙な置物とか提灯《ちょうちん》とかを売っている、いわゆるお土産物屋がある。なるほど、歌舞伎座をもっと派手にした感じなのね。私は自分を納得させつつ、席についた。そうしたら野球場か新幹線みたいに、アイスクリームや弁当を売りにくる。しかも上演中は食べちゃ駄目、って放送してるのに、開演五分前でも平気でアイスを売っている。本音と建前というものらしく、芝居中でも食べて平気みたいだ。

緊張のうちに幕が開き、いよいよ物語が始まった。そして始まったとたんに、私の脳細胞の壊死は一気に危険なレベルまで進行した。

だってさあ、左とん平とカトちゃんが弥次喜多《やじきた》で、ミッキー・カーチスがチョンまげに電飾つけた赤穂《あこう》の浪人で、あとなんか私の世代では知りようもない人達が大勢出演しているのよ。あ、仲本工事《なかもとこうじ》もいたわ、水戸黄門《みとこうもん》役で。それでカトちゃんと、いかりやの悪口言ってた。いつもどおり。

内容はというと、弥次喜多が旅をするうちに、いつのまにか赤穂の浪人を助けて討ち入りに参加することになって、そこに吉良《きら》にそっくりな水戸黄門がからんで混乱し、という話なのだった。お年寄りたち大爆笑。

たとえば松の廊下で、

「離してくだされ梶川《かじかわ》殿」（浅野内匠頭《あさのたくみのかみ》：カトちゃん二役）

「ヘッヘッ、切れるものなら切ってみい、フナ侍が」（吉良上野介《こうずけのすけ》：左とん平二役）

などとやっているところへ、木の柱を持っている男が現れる。

「ムムッ、なんだ貴様は」

「電柱（殿中）でござる」

イタタタタ。もう私は塩の柱になってしまいました。でもおじいちゃんおばあちゃんは手を打ってやんやの大喜び。私も七十歳とかになれば、これを笑える境地に達するのだろうか。年を取るというのは、生きやすくなるということなのか。滞納してしまって、払うべきか払わざるべきかと私が思い悩んでいる国民年金は、昼間っからコマ劇に来て、バクバク弁当食べながら笑い転げている、この人たちの懐を温めるために使用されるのか。なんとも複雑な思いが胸をよぎるのでした。たぶんこの芝居を眺めつつ、国民年金に思いを馳せてるのは私ぐらいなのだろう。ジャイ子は動揺の欠片《かけら》も見せず、いつもどおりゆったりとくつろいで、進行する舞台を優雅に眺めていたさすが。

しかし、ついに討ち入りを果たし、皆さんの拍手喝采のなか大団円を迎えたとき、私は国民年金を払おうじゃないかという結論に達していた。だってさ、この劇場空間の中には、あのクソいまいましい「クリスマス」ってもんが全然存在していないんだもの。「年末の行事・イベント」っていうと、ここに集うじいさんばあさんにとっては「忠臣蔵《ちゅうしんぐら》」なんだもの。原宿《はらじゅく》の若造たちに聞いたら、十人中十一人が「クリスマス」って答えるだろう。でもここでは「忠臣蔵」。

年金払ってやろうじゃないの、クリスマスのない世界のために。ビバ！　忠臣蔵。お年寄りに完敗さ。

でも私は絶対、クリスマスのある世界に復帰してみせるわよ。まだコマ劇の笑いの境地には達することができないもん。いずれ這い上がって、

「なに、忠臣蔵って？　梶川殿ってだれ？　フナ侍ってなに？」

と言うぐらい原宿寄りに行ってみせる。さらば新宿コマ劇場。また会う日まで。

動かざること山の如し（私の腸の旗印）

年の瀬も押し迫ってまいりました。大掃除の計画は立てましたか？　私はたぶん三年目の掃除持ち越しになるでしょう。すごーい、かっこいーい、坂口安吾《さかぐちあんご》みたいだ。部屋の汚さだけは文豪なみ。

頭の痛いのは部屋の掃除だけではありません。便秘。尾籠《びろう》な話で恐縮ですが、私は先日、長い便秘人生の中でもメガトン級のフンづまりに襲われまして、雪隠《せっちん》で呻吟《しんぎん》いたしました。出産の予行演習だろうかってぐらい。

でも私が「ウーン、ウーン」とうなっていると、トイレの外で洗濯機を回している母が笑うのです。

「なによ！　産みの苦しみを知らないくせに！」

と荒い息を吐きつつ叫ぶ私。そしてちょっと中休みをしようと、トイレの窓を開けると、隣のおじさんが出勤あそばすところだったのです！　おじさんは目を伏せて、足早に私の家のトイレの横を通り過ぎていった。

あちゃー、聞こえちゃったかな。私のこの世のものとも思えぬうなり声と、切羽詰まったセリフが。おじさーん、誤解しないでくれー。おいらはウン○をしようとしてただけなんだよー。いや、おじさんはわかってたからこそ、恥ずかしそうだったんだな。

まあこれも日本の住宅事情が悪いんだ。トイレの横に人様の家の玄関があるってのは、どう考えてもマトモじゃないもん。しかもそのお家は、はやりのガーデニングでお庭がたいへん美しく、木のテラスなんてあってさ。私はトイレから眺めて心をなごませておるよ。しかしお隣の人にとっては、たまらないわな。綺麗な玄関先によその家のトイレが隣接していて、ザー、ゴポゴポーとかいう音が聞こえてくるんだから。しかも得体の知れぬうめき声まで……。くわばらくわばら。

そこで、こういう状況を打破するために、家の向きを変えることにしました。なんてことはできないので、私の内臓を変えることにする。私はあまり水分をとらないのだ。「水を飲む」っていうのが、けっこう苦痛な行為の部類に入る。一番苦痛なのは「柔軟体操をする」かな。基本的に体の中も外も硬いということか。とにかく、私に一揆の首謀者を吐かせたかったら、柔軟運動と水飲みを強要することですな。コロッと落ちて、あることないことしゃべりまくります。

モデルは一日に三リットルもミネラルウォーターを飲むと言うし、私もいっちょ水を消費する生き方をしてみよう。お肌にも良かろう。そう思って、近所のスーパーで安売りの水を買ってくる。きつい坂道をヒーヒー言いながら運んだため、腰痛が勃発。ううむ。

そして結果。二日間でなんとか七五〇ミリリットルを消費。しかし腸は死んだようにピクリとも動かず。目覚ましい成果は今のところないのであった。やはりスズメの涙ほどの量の水では、水太りこそすれ、スーパーモデル化はどだい無理なのか。

こうなったら最後の手段として、図書館に行くしかない。私には以前から、本屋や図書館（たまにビデオ屋）に行くと、便意をもよおすという法則があった。本の独特の埃っぽいにおいが、腸を刺激するのではないかと独自に推測している。科学的立証が待たれるところである。

それにしても不思議な現象なので友人たちにも聞いたら、そういう人はけっこう他にもいた。また、古本屋で働きつつ、お客さんが「個室」を利用する頻度を観察した結果、やはりどう考えても本屋と便意には関係があると言わざるをえないぐらいの確率で、「個室」が使用される。

この謎は、私の中で未だはっきりと解明されていない。以前、番組名は忘れたがTBSの科学情報番組みたいなもので、この疑問が視聴者から寄せられた。私は、「おお、ついに本屋と便意の関係がわかるかもしれん」と期待して見ていた。そうしたらなんと、「解明コーナー」になったとたんに画面が「しばらくおまちください」になってしまい、次に復旧したときにはもう次のコーナーに移っていたのだ！　嘘のようだが本当の話だ。本屋と便意の関係には、なにか暴かれてはならないような大きな陰謀が隠されているのか？　何者かによる妨害電波のために、番組は一時中断を余儀なくされたのか？　謎が謎を呼び、宇宙規模の陰謀を予感させるまでに発展した、「本屋と便意」問題なのでした。

それにしても公共の図書館の閉館時間って早すぎる。こちとら宿題ならぬ宿便がかかってんだぜ。もうちょっと遅くまでやっててよ、お願い。

＊

おまけ

ついに藤田貴美《ふじたたかみ》（漫画家）の幻の作品『SHIMAVARA』がコミックスになった！　鬼の一念岩をも通す。七年ぐらい、「コミックスにならないのかしら」と待ち続けたかいがあったというもの。本屋で発見したときは夢だろうかとさすがに目を疑いました。戦争で死んだと思ってた旦那が七年ぶりに家の門の前に立っていて、「まあ、本当にあなたなの？」って感じだな。その間に旦那の弟と結婚してたりするんだけどな、朝の連続テレビ小説だと。

出版社はソニー・マガジンズで、全二巻。「島原の乱」を題材にした歴史物で、だから今回、文中に突然「一揆の首謀者」とか出てきたのでしょう。改めて、藤田貴美に杉本苑子《すぎもとそのこ》の『傾《かたむ》く滝《たき》』を漫画化してもらいたいものだと思ったのでした。

ソニー・マガジンズの採用エントリーシートや面接で、しつこく「『SHIMAVARA』がコミックスになっていないんですよね。（白泉社から）版権買って出版してほしいです」と言い続けてきたおかげかな。落ちたけどね。もういいよ。じゅうぶんお釣りがきたよ、うん。

なんぞ我を見棄て給《たも》うや？

藤田貴美の『SHIMAVARA』（ソニー・マガジンズ）が無事発売され、ずっとコミックスになるのを待ち望んでいた私は、ホッと胸をなでおろしているところです。天草四郎《あまくさしろう》を主人公に、島原の乱を描いたこの漫画。藤田貴美が繰り返し題材としてきた、『救済のない世界』の話であり、『顔の無い父親』の話だったんだなあと、何年ぶりかに読み返して再度実感。

信仰による救済はもとより、個人間においての救いすらおぼつかない。そのまことに救いがたい断絶と、断絶に直面した人間の絶望的な選択が潔い。選択の結果やはり断絶の中を漂おうとも、潔さのみが救いなのか。抱き締めるためではなく、支配する腕しか持たぬ『顔の無い父親』。その腕の中でもがき、逃れて、選択する自由を得ることが、救いと言えば唯一の救いなのだ。

この漫画の中で、もっとも毅然《きぜん》と神の腕から抜け落ちていったのは、有里《ゆり》という少女だ。「あたしは殉教できない。このまま天国へ連れて行かれたら、もう四郎さんに会えなくなる」。なぜなら四郎さんは、地獄に行くからだ。有里は兵士の刀を逃れ、自ら崖に身を投じる。

私はカトリックの学校に行っていたので、いいかげん宗教にはうんざりというのが個人的な感想だ。あれはかなり奇天烈《きてれつ》な世界で、ちょっと頭が狂いそうだった。なにしろ高校の修学旅行が『長崎殉教者を偲《しの》ぶ旅』なのだ！　世の中の高校生たちがハワイとは言わぬまでも北海道ぐらいは行く御時世に、なんでそんな辛気臭い旅をせねばならぬ。もちろん自由行動なんてないよ。私服も着ないよ。修道女と同じだから。移動のバスの中でも、聖歌の練習を率先してやろうなんて言い出すやつがいてさ。私はいますぐバスが横転してしまえばいいのにと思った。かなり本気で。

長崎中の教会をまわったのではなかろうか。そして行く先々で聖歌を奉納（？）する。本当に神がいるのなら、こんな破廉恥なことを考えつく輩を生かしておくわけがない。多感なお年頃の少女は、もうおなじみになった憎悪の炎をたぎらせつつ、神の不在を嘆いたのでした。

もちろん「修学」旅行ですから、事前の予習もみっちりなされます。長崎二十六聖人（豊臣政権の弾圧で殉教した）のこととか。なんかすごい小さい男の子とかも殉教したらしい。役人たちは「お菓子をやるから基督教《キリストきょう》は捨てろ」と彼をかき口説いたのだけど、「天国には白くておいしいお菓子がたくさんあるから、私は転びません」みたいなことを言って、あどけない幼児は殺されていったのでした。いと哀れなり。それはたしかに哀れだと思いますけど、でもまだ十歳になるかならぬかの子供だよ？「お菓子をあげるっていわれても、知らないおじさんについていっちゃだめよ」というレベルと、何か違うのか？　と意地の悪い私は思うのでした。それに天国においしいもんがあるから殉教するってのは、信仰心から出た行いとは言いがたいものがある。貧しい農民が、自分を慰めるために子供にも言い聞かせていた必死の夢物語だろう、それは。その子はたぶん、信仰心よりも食欲から天国を選んだと思う。ただささっきも言ったけど、その状況で何かを選んだ、ということが、強いて言えばその子の唯一の救いなのだ。

それなのにこの「美談」についての感想を求められるのは酷というもの。「誘拐犯は本当にお菓子をエサに子供をさらうんだろうなあ、と思いました」と言ったらやっぱり怒られた。「あなたは命をかけて何かを守り、成し遂げることの尊さをなんと考えるのですか」と。救われないのは私だっつうの。トホホ。

一事が万事その調子で進むので、私は情緒にとぼしいやや乾燥した人間になってしまいました。いや、人のせいにしちゃいけないな。元から不器用で感情の発露がぎこちなかったから。でも忍耐心は学ばせていただきました。忍耐するというのは、心と感情を押し殺すということなのだ。

そういうわけで、私は『SHIMAVARA』を読むと、あのちゃんちゃらおかしい「宗教教育」を思い出すのでした。この漫画の描く厳しさと絶望と寂しい人間たちの前に、あの学校の教師や聖職者たちが語った神は完全に敗北しているのです。だいたい高校生の小娘に疑念と不信を抱かせる程度の「物語」をひっさげて「教育」しようなんぞ片腹痛いわ。もっとピッカピカの金科玉条を掲げてみせんかい。信じさせてくれるのなら、それが一番簡単だから、黙って信じてあげたのにな。それとも、疑念を挟む余地、つまりは選択の幅が与えられていることが、人間に対する神の慈悲の現れだとでも、反面教師的に教えようとしてくれてたのかな？　そんなことが本当に結論なのだとしたら、暗い青春と摩耗した感性のみが残った私は、心底からトホホと言わせてもらうよ。

もう二度と牢獄には戻りたくない。まあ体重だけはあのころに戻してほしいけど。おお、神は私を見棄て給うたか……!! (ベルばら調にネ)

青衣の花嫁

青ざめた花嫁が到着した。私はこの一年というもの、結婚資金を貯め、部屋の掃除をし、少しでも彼女に喜んでもらえるように準備してきたつもりだ。ところが彼女は岩のように沈黙を守ったまま、馬車から降りようとしない。しかたなく私が馬車ごと抱えて二階へ連れていくことにした。彼女の重いことといったら、ヘラクレスでさえも、彼女を寝室まで運ぶのは骨だろうと思われるほどだ。おまけに彼女は馬車の中で頑なに手足を硬直させているらしい。狭い階段に馬車はつっかえ、私はあやうく転落するところであった。叫び声をあげた私に驚いて、階下の母が加勢に飛んできた。私たちは大変な苦労の末に、ようやく私の部屋まで彼女を引きずり上げた。腰痛をごまかしごまかし、甘い言葉をかけながら馬車を開ける。花嫁はうんともすんとも言わず、あいかわらず青ざめたままであった。馬車から引っぱり出した彼女は、噂以上に愛らしい。思わず相好を崩した私に、しかし母はやれやれと首を振った。

「とんだ嫁が来たもんだよ。なんにもしゃべりゃあしない」

だが私にはわかっている。彼女はまだ、とまどっているだけなのだ。そのうちきっと、私に心を開いてくれるだろう。

母を部屋から押し出し、私は彼女と向き合った。

彼女の乳母が書いてよこした注意書きは、私には、理解不能な言語で埋め尽くされていた。私は、そうそうに解読を諦め、彼女の心をほぐすために、独自に奮闘を始めた。

まず、彼女の体にキーボードを取り付けた。花嫁は不幸にして、声を持たぬ。私たちはこのキーボードを用いて意志の疎通をはかるのだ。馬車の中から細いコードが出てくる。これは何であろうか。しばらく彼女の体を探って、コードを取り付ける差込口を発見する。なるほど、これはどうやら電話線とつながるためのコードらしい。女性は電話でおしゃべりするのが好きだからなと、私は納得した。彼女の脳に直接電話をつないだ。

さて、準備オーケーだ。そっと彼女の起動ボタンに触れる。しかしピクリとも反応しない。私は不安になった。長旅の疲れが出たのだろうか。ふと、彼女にエネルギー補給をしてあげていないことに気づく。あわててコンセントを差し込んだ。彼女はバリバリと電気を食べ、うなり声をあげて「いやいやながら」といった風情で目を覚ました。

「おおー、花嫁。こんばんは。これからよろしく」

挨拶した私に、彼女はうさんくさげに聞く。

「あんた誰?」

そこで私は、丁寧に彼女の質問に答えた。名前や住所や電話番号を教える。彼女は少し納得したのか、電話を利用できるようにしてくれ、と言ってきた。

「それはちょっと早いんじゃないかな。君は今ここに着いたばかりだよ? 電話は後にして、もうちょっと二人で話そうよ」

しかし彼女は私の言葉に耳を貸さず、

「いいから電話に接続してよ。だれでも結婚して三十分でインターネットに接続できる、っていうのが私の売りなんだから」

と迫ってくる。私は彼女に押し切られるようにして、電話に接続することを試みた。

しかしこれがなかなかうまくいかない。何も進展しないままに、三十分などあっという間にすぎた。彼女は次第に焦《じ》れてくる。

「ああもう、違うったら。あなたホントに女の扱いに慣れてないんだから、もうやんなっちゃうなあ」

私は悲しくなった。このまま彼女に嫌われて、家出でもされたら大変だ。必死に作業を続け、五時間後にようやく電話と彼女の脳みそが開通した。

「やったー、やったぞ」

もう真夜中になっていた。彼女も私もクタクタだ。

「ようやくできたのね。ホントにグズな人」

そう言った彼女は、しかし言葉ほどには怒っていないようだった。私は彼女と少し仲良くなれたようで、嬉しくなった。

「伝説のジゴロ『ハッカー』に、私もなれるかな」

調子に乗って、数々の名だたる女性を落としていった男の名を挙げた私に、彼女はフフンと笑った。

「無理に決まってるでしょ。たかが接続に五時間もかかってるようなあなたじゃ」

しかし彼女は優しい調子でこう続けた。

「でもまあいいわ。これから仲良くやっていきましょうよ」

私はなんとも幸せな気分に満たされて、彼女の頭をなでた。こうして、花嫁は相変わらず青ざめたままではあるが、今日も楽しく私とおしゃべりしてくれる。


という具合に、アツアツ蜜月状態なんです、私たち。iMacを購入し、何も使いこなせていないにもかかわらず、十分楽しく幸せな日々を過ごす私。マックちゃんに毎日話しかけるものだから、部屋のパキラ君（観葉植物）がちょっとヘソを曲げているほど。バカップルぶりを発揮するマックちゃんと私。たぶん一生味わえないであろうと思っていた新婚気分を、まさかパソコンと分かち合うことになろうとは。

私が「マックちゃん、マックちゃん」とうるさいので、アルバイト先のUさんが「なにか良い名前を考えてあげるよ」と言ってくれる。

しばらくして送られてきたメールには、

「馬龍（ばりゅう）」

とあった。マック→マクドナルド→バリューセットということらしい。

あんまりだ。私の可憐な花嫁に、その名前はあんまりだ。

相変わらず「マックちゃん」というイケてない呼び名のまま、今日も彼女はブンブン起動するのであった。

猫の呪い

うむむ、いと悩ましきうなり声すなり。

地獄の責め苦にあえぐ罪人のうめきかと思いきや、猫だった。お相手探しに余念のない猫くんたちが、なぜか私の部屋の下あたりで鳴き交わしているのだ。これが噂に名高い猫の復讐であろうか。

私は猫という生き物のヌルッとした感触がいやだ。だから道で遭遇するとちょっかいを出さずにはいられない。猫というのは警戒しつつ動きを止めて、歩いている人間の方をジッと見る。この、警戒してるくせに動きを止める、という習性が常に私の癇《かん》にさわる。私は猫など視界に入っていないという顔をして近づき、間合いをつめたところでおもむろに「どわあっ」と叫んで飛びかかるふりをしてやるのだ。猫のあわてふためく様といったら。ふふ。みんな毛を逆立てて泡をくって逃げていく。このあたりの猫で私の「どわあっ」の洗礼を受けていないものはいない。私は猫を驚かせるためなら、自分の体面など惜しくはない。夜はもちろんのこと、人通りのある日中でもためらわずやる。車の下にもぐりこんでのんびりしてる奴を発見したら、迷わず「どわあっ」で追い立てる。びっくりして走り出した猫が車に轢《ひ》かれたら後味が悪いから、車が通っていないことを確かめてから驚かす。それくらい用意周到な凶悪犯が私だ。猫の世界の指名手配犯だ。

そのためであろうか。猫たちは毎年、忘れた頃に復讐しにやってくる。去年は朝起きると、庭の鉢がひっくり返って割れていた。しかも一番高いやつが。

「まあ、激しいわねえ、おほほ」

と笑いながら、もちろん私のはらわたは煮えくり返っていた。猫め！　自分たちは楽しい春の一夜を過ごし、「猫の分際《ぶんざい》で生意気な！」と一晩中私に悔し涙を流させておいて、あまつさえ鉢まで壊すとは！　いくら私がいつもいじめてるからって、こんな陰険な復讐をしていいのか？　ゆ、ゆるすまじ。

いっそう熱心に猫たちを脅かしているうちに、また春がやってきた。彼らが暦に忠実なのには、ホントに感心する。猫たちは毎晩集って楽しくにゃんにゃんしてる。残ってる鉢はみんなプラスティックだから、今年は割られる心配はないけれど。私はまた枕を涙で濡らした。

「よーし、そっちがその気ならこっちにも考えがあるぜ」

漫画によく出てくる、「喧嘩してる二人に水をぶっかける」というのを、ぜひやってみようと思い立った。喧嘩じゃないんだから猫にとったら余計なお世話だろうがいいのだ。私はコップに水をくみ（バケツがいいのだがなかった）、夜にむけてバーンと窓を開いた。が、暗くて何も見えなかった。猫の鳴き声を聞きながらぼんやりと、この水をどうしようと考えていると、隣の兄ちゃんが窓を開けた。

「こんばんは」

「やあ、こんばんは。どうだい、猫たちもさかっていることだし、僕らも一からおつきあいを始めてみないかい」

なんてことにはもちろんならない。私たちは何も言わずに、一瞬気まずく見つめ合った。姿の見えぬ猫たちはにゃんにゃんいっている。私は髪はボサボサで、汚いトレーナーに綿の飛び出したちゃんちゃんこを着ている。どうしよっかなあと逡巡した末に、とりあえず手に持っていたコップの水をあおった。兄ちゃんはガラピシャッと窓を閉めた。

なーんだよー。失礼ねえ。ぷんぷん。私はけっきょく猫たちの復讐のせいで、明け方まであまり眠れなかった。

そして寝過ごした。あああ、今日は保険証の変更手続きのため、市役所に行かなければならない。市役所は出遅れたが最後、老人地獄にはまること請け合いのワンダーゾーンなのだ。私は支給されたばかりの保険証を握りしめ、化粧もせずにバス停へと走った。もうお日様が高い。これは駄目だ。朝の早い老人たちに完璧に遅れを取った。

市役所は暖房がききすぎて、大変暑い。二酸化炭素対策とか何も考えていない潔さ。いいね、その刹那《せつな》主義(?)。「国民健康保険課」の窓口を見つけ、カウンター内の係のお姉さんのもとに歩み寄ったら、「受付表に記入してください」と言う。誰も待っていないのに変なの、と思いつつ紙を見たら、ビッシリと順番待ちの人の名前が書いてある。驚きつつ末尾に名前を記入し、待合い場所のソファーに腰を下ろした。お姉さんが「高橋《たかはし》さん」と呼ぶと、「はい」とおじさんが現れた。みんな一体どこで順番を待っているのだ。呼ばれるとどこからともなく出現する不思議な人たちを眺めつつ、十五分ほどおとなしく順を待っていた。

「三浦さん」

ようやく呼ばれて、私はお姉さんに持参した保険証を出した。

「今度これをもらったので、国民年金から変更したいのですが」

「これは社会保険です」

「は？」

「健保じゃありません」

終わった。私はまたも無為に時間を過ごしていたことになる。しかしまあこんなこともある。赤面しつつ、お姉さんに示された奥の「国民年金課」に向かった。

昼の時間に突入した「年金課」は、職員も少なく閑散としている。かろうじて一人おじさんが残って、窓口で応対しているようだった。今度も受付表に記入した。どうやら私の前には、今おじさんと話しているおばあさんしかいないらしい。しかしもちろん油断はしないこの私だ。いつも割り込まれたり順番を飛ばされたりする間の悪い人間だから、目立つように待合所の最前列のソファーに陣取った。

おばあさんは年金の相談に訪れたらしく、しきりにおじさんに何か説明している。

「そうねえ、あれはたしか四十五年前のことだから……」

おばあさんは旦那との馴れ初め《なそ》からさかのぼって説明しはじめた。やはり市役所。

恐るべきワンダーゾーンだ。これは長くなる。私はぬかりなく持参した漫画をバッグから取り出した。

漫画を一冊半読んだとき、ようやくおじさんが私の名前を呼んだ。顔を上げると、おばあさんはもういなかった。後ろには待っている人がひしめき合っている。慌てて窓口に行った。

おじさんは連日、老人たちの昔話につきあっているのだろう。憔悴が板に付いた風貌をしている。保険の切り替えはすぐにすんだ。ホントにそんなで大丈夫か？　というぐらいあっけない。しかし、パソコン画面を見ていたおじさんがおもむろに切り出したのだ。

「あなた、滞納分の年金がありますね」

ギクリ。そうなのだ。最初はちゃんと払っていたのだが、出費が馬鹿にならないし、私が老後を迎えても返ってくるとは思えないので、もう一年半ぐらい知らん顔していた。

「ええっと、今は払えないので……」

「そうでしょう」

　おじさんは身を乗り出した。

「滞納がかなりの額になってますからね。でも大丈夫。分割もできます」

「はあ」

　おじさんはピポパとどこかに電話をかけ、

「あ、もしもし。分割用の振り込み用紙を郵送して。ええと、ミウラシヲンさんね」

　てきぱきと指示して受話器を置く。

「これでよし。お宅に用紙が行くから、少しずつ払ってくださいね」

「ええっ、待ってください」

　あっけにとられていた私は我に返った。気が弱いから「まだ払うとは言ってません」とは言えず、控えめに抗議する。

「ほんとうに私が老人になったときに、戻ってくるんですか」

「もちろんですよ」

　おじさんはにっこりと笑う。私は食い下がる。

「いや、現実に年金を集めてる人の実感として、ぶっちゃけたところどうなんですか」

「大丈夫ですから、分割にしましょう」

疑心暗鬼の目には慣れているのだろう。おじさんは爽やかに請け合ってくれた。嘘だよー。こいつ絶対嘘ついてるよー。こんな刹那的な温度設定にしてる市役所が、先のこと考えてるわけないもん。しかしおじさんは構わずに、ガーガーと振り込み用紙をプリントアウトする。

「さ、これは今年度分ね。それより前は担当が市役所と違うから、さっきも言ったとおり郵送で用紙が届くから」

おじさんは親切にも用紙の束を封筒に入れてくれた。

「落とさないようにね（小学生か私は）。郵便局でも銀行でもいいから、払ってくださいよ」

憔悴したおじさんの鋭い眼光に気圧《けお》され、束を無理矢理持たされて私はすごすごと帰路についた。もしかして私、なんかものすごく高い羽毛布団とかを分割で買わされたんじゃないだろうか。あの人ほんとに市役所職員だろうか。そんな疑惑が残った。

市役所前のバス停には、案の定お年寄りがたくさん並んでいた。彼らは市役所でおしゃべりするのが大好きなのだ。老人ホームへ向かうバスみたいにお年寄り満載の車内で、私はため息をついた。

いいよなあ。私も今すぐ老人になりたい。バスにタダで乗って、年金もらって、恋とかと基本的に無縁でも誰にも哀れみの目で見られることのない、老人という生き物になりたい。

猫のせいで、私は老人地獄へと沈んだ。

鋼の人

うーん、うん。にんにくの臭いで目が覚めたでござるよ。にんにん。

駄目だ、花も恥じらう乙女（という形容はいくつまで許されるのだろうか）として失格だ、こんな目覚めは。昨日の夜、餃子を爆食したのが祟《たた》ったわね。お花の香りでふんわりと目を覚ます、という情景を求めて仕切直す。つまりは幸せな二度寝の中へと旅立ったのでした。そしたら案の定ねぼうした。にんにくにくし。

さて、本格的な春もそこまで迫り、花粉症にとってはつらい季節。花粉症には煙草を吸うことが有効だと思うんだけど、どうして煙草の害ばかりが喧伝されてしまうんだろう。煙で花粉症の症状は絶対に軽減されます。花粉症のみなさん、スパスパ吸おうね。でも私は禁煙中だから吸いません。裏切り者でごめん。

花粉とともに春にクローズアップされる問題といえば、二の腕です。冬の間にボンレスハムのように着実に肉を蓄えた私の二の腕。春の光にさらされて脂肪が溶けだしてくれれば苦労もないが、根雪のようにしぶといんだな、こいつが。よく効くフィットネス法を求めて、ボディービルの専門雑誌をじっくりと立ち読みしました。

この雑誌の筋肉濃度はすごい。体脂肪率一%といった感じ。表紙はケンシロウ(『北斗の拳』)も真っ青のお兄ちゃんが、ニッコリと白い歯を剝いてポーズをつけている。上がドーム型になってる食パンを、体中にくっつけた質感といえば近いか。中の記事を読むと、どうやらボディービルダーはこうして身体を作るらしい。

1、適切なダイエット。

体中を筋肉にするから、余計な脂肪は極力落とす。でも朝からゆで卵十個分の白身を食べてるけどね。身体に良いのか悪いのか。

2、適切な筋力トレーニング。

もちろん一般的見地からすると、尋常じゃない量のトレーニングだ。器具とか使って、一日何時間も! 首に重しを乗せたりして、ほとんど拷問か高僧の荒行の趣。私なんか自慢じゃないけど腕立て伏せも腹筋も一回たりともできんもんね。まあとにかく、「太股《ふともも》の筋肉に熱い快感にも似た痛みが走るまでトレーニングしないと満足できない」身体になるまで、鍛えまくれ! すでにマゾなんだと納得。マゾのナルシシスムでね。
ト。ううむ。
3、肌を灼《や》く。
白いと、せっかくついた筋肉を効果的に見せられないそうだ。こんがりとミディア
4、毛を剃る。
体毛があると、せっかくついた筋肉を（以下略）。もうこれだけでも私はボディー
ビルディングには反対だよ。せっかく生えてる胸毛を剃っちゃうなんて、嗚呼《ああ》。胸毛
のみならず腕とか脚とかとにかく髪の毛とヒゲ以外は剃る。
「悪いけどジェニファー、背中の毛を剃ってくれないか。大会が近いからお手入れは
綿密にしないとね」
「もう、ロイったら。どっちが裏だか表だかわかんないくらい毛深いくせに、こんな
にツルツルに剃っちゃって。もったいないわ」
「おお、ハニー。見ろよ俺のこの筋肉。君はこいつが不満だって言うのかい？」
「そうじゃないけど……（目を潤《うる》ませるジェニファー）」
フェミニストのくせに、こういう会話を考えるのが三度の飯の次くらいに好きな私。

フェミニストじゃないのか。でも少なくとも私はジェニファーではないから、筋肉はほどほどで熊みたいに体毛ある人の方がいいと思うよ、ロイ。

そういえばボディービルディングにおいて、顔の筋肉は手つかずの処女地のようだな(表現がオヤジくさい私)。顔の筋肉を鍛えてるらしき人は、さすがにいなかった。顔が筋肉隆々、っていうのを見てみたい気もする。

5、水着を選ぶ。

ホントにこう書いてあったんだってば。大会ではパンツ一丁でポーズを決めるわけだから、水着のデザインはとっても重要。試着して、自分に合った一枚を見つけてね。

さあ、これで明日からウキウキボディービルダー……!

私は二の腕の贅肉を取ろうなんて、金輪際考えないことにするよ。筋肉道を極める覚悟のない者は、あらゆる肉について安易に言及する資格なし! もう好き放題に肉をぶら下げて生きるべきなんだ。責め苦に喘ぎつつ、求道者のごとく筋肉を希求する彼らの姿を見ると、「よかった、私の贅肉なんてまだ人間の範囲内だもん」と思える。彼らの筋肉はすでに人間を越えてます。ものすごい努力と克己心《こっきしん》の末に、「大多数の人間に賞賛されるような体型」には決してならない、ということろが素晴らしい。

男の人が同性の体を褒めるところをあまり聞いたことがないけれど、ボディービルの世界では体を褒めるのは常識。「ジェイの脚に惚れたね」とか平気で言う。みんな「あいつのあの筋肉がすばらしい」と思って、それを目指してトレーニングするわけだ。だからやたらに筋肉の名称に詳しいし、カリスマボディービルダーのトレーニング法を、みんなが知りたがる。肉体は「見る」ものであると同時に「見られる」ものなのだ、と実感としてわかっている。筋肉隆々だけど心は「女」なのか。

筋肉をつけて女にモテるぞ、という動機も当初はあったのかもしれないけれど、どうも極めだすとそういうのは二の次三の次になるみたいだ。同性の目が気になりだす。同性からの賞賛の声が何より嬉しい。これは女性の化粧やファッションと同じじゃないだろうか。男の目を引きつけたい、というよりも、自分の満足と同性からの賞賛へと照準は引き絞られていくものだ。

「見られる自分」というのを意識すればするほど、装いは過剰になり、反対に有り様は受け身になっていく。筋肉という「武器」を、実用には向かないほどに過剰に身にまとった鋼の人たちを見ると、私はつい笑ってしまう。ごめん、鋼の人。彼ら、彼女ら（女性ビルダーがまたすごい）が、自分たちの筋肉が本来の意味としてはまったく無用の長物であることに自覚的であるならば、私も彼らのことをもっとよく知らなければならない。だがただうっとりと、強さと美を誇る手段として鍛錬に励んでいるのだとしたら、それは私の苦手なスポ根なので遠巻きに眺めていたい。雑誌を読んでいるかぎりでは、そこにあるのはいささか極端すぎる筋肉礼賛《らいさん》のようなのだが、はたして実状やいかに。

それにしても、もう変な本（裸・ホモ・コレクター系）は立ち読みしないと決めたのに、早くも挫折。ボディービルディングの雑誌は、「裸」と「ホモ」の二つの項目に合致してると思われる。ぼかぁ筋肉は好まないが、裸とホモは好きなんだなあ。

趣味の暑苦しさをフォローするため、若大将風に爽やかに言い放ってみたが、暑苦しさが倍増してしまった。

禁忌《きんき》を破るのは情熱でなければならぬと願う私は真面目なロマンティスト

尿を飲んでみようと思う。

数年前、「あなたの健康法は?」という『オリーブ』(雑誌)のインタビューに答えて、ともさかりえが言っていた。

「飲尿療法やってます」

私は衝撃にしびれたものだった。ともさかりえはまだ十六、七だった。若くてピチピチした可愛いアイドルが、夢いっぱいな乙女チック路線が売りの雑誌『オリーブ』で、自分のおしっこを飲んでいると爆弾発言したのだ。『オリーブ』は『わかさ』や『健康』ではない。ともさかりえはみのもんたではない。役柄を取り違えたとしか思えぬ飲尿発言。たとえ本当に毎朝おしっこ飲んでるとしても、「ハーブティー飲んでます」とか言うのがアイドルだろう。私は敗北したと思った。ともさかりえに完敗した。

もちろんそれまでだって、私がともさかりえに勝っているところなんて体重ぐらいのものだったが。

私はこれまで何度も、真面目だと人から言われてきた。「真面目だねえ」という言葉には、わずかな揶揄《やゆ》が含まれている。その揶揄に心の中ではいちいちカチンときていたが、それでも曖昧に笑うだけだった。たしかに、異論はないからである。

私は変化を嫌う。特に食べ物は、「これを食べよう」と決めたら、三年は食べ続ける。以前は学生食堂のスパゲティーミートソースだった。今はファーストキッチンの四番のセットだ。たしか鶏肉の挟まったものだったと思うが、名称は思い出せぬ。これもすでに三カ月、ほぼ毎日食べている。おかげで太った。そろそろやめたいが、私の中の「真面目君」が、「まだ極めていないから食い続けろ」と言うのでやめられない。

こんな私が、もう少し勤勉でマメであったなら、東大《とうだい》出て警察庁に入って賄賂《わいろ》とかはいっさい受け取らぬクリーンなエリートになって、青島君《あおしま》（踊る大捜査線）と熱い信頼関係を結べたのに。もしくは鼻つまみ者と飛ばされて、新宿鮫《しんじゆくざめ》になれたのに。グータラな自分が悔しいなあ。変化を嫌うあまり、「行動に移す」ということ自体が大の苦手になってしまった。真面目すぎるのが玉に瑕《きず》（?）だわな。

　このように日々を保守的にやりすごす真面目な私にとったら、尿を飲むなんてとんでもない話なのだ。ところが、私の中では禁忌である「排泄物を飲む」という行為を、可愛いアイドルはいともたやすく乗り越え、あまつさえそれを公言しているのだ。私の受けた衝撃と屈辱をご理解いただけるであろうか。

「私はクズだ。人間のクズだ。つまらぬ常識とやらを後生大事に崇《あが》め奉《たてまつ》って体面を取り繕う、チンケな臆病者だ！」

　私の胸の内にはそのような思いが嵐のごとく吹き荒れた。しかしすぐに忘れた。でも先日また、

「そういえばともさかりえって飲尿療法してるんだっけなあ」

と思い出した。執念深いから何年たっても思い出すのだ。

　そこで、紙コップを手に密かにトイレに入った。検尿をもう何年していないだろう。私はあれが苦手で、尿は手にかかるし、コップからスポイトで吸い上げているうちに、もたもたしているからコップが溶け出すしで、毎回散々な目に遭ったものだ。

　さて、と。本当にこれを飲むのか？　なまあたたかい紙コップを手に、私はぼんや

りとトイレの窓から隣の玄関先を眺める。なまあたたかい牛乳が嫌いな私に、こんなものが飲めるのか？　冷えるまで待つべきか。しかし紙コップがそれまで耐えてくれるだろうか。だいたいどうして、自分の尿を飲まなければならないのだろうか。排泄されたものをわざわざもう一度口に運ぶというのは、輪廻《りんね》の輪が逆に回るというか、二度死ぬというか、とにかく摂理に反していないか？　食べ物も飲み物も、いずれは排泄される。そう考えると、私たちは普段から排泄物を食べたり飲んだりしているようなものだから、まあべつに体に悪いということはないだろうけれど。

だけど尿を飲むというのはさ、何かこう日常の中で行っていい行為ではないと思うんだよね。たとえば地震で倒壊した建物の中に閉じこめられて、救助を待つ間に飲むとか、砂漠で遭難してやむをえず飲むとか、そういう非日常的状態で最終的に飲むものじゃないのか。もしくは恋人との熱い絆を確かめるためには、是が非でも飲まねばならぬと歓喜にむせびながら飲むものじゃないのか。それをメリハリのない日常において、朝起きて健康のために自分のおしっこ飲むなんて、やはりちょっと尋常じゃない。

あ、尋常じゃないことをして日常に非日常感をもたらすのが目的？　でも毎朝飲んでいたらそれも「日常」になる。次はどうするのだろうか。まさか……

ぐだぐだ考えていた私は、

「つまり私はこの紙コップの中身を始末したいらしい」

という結論に達し、トイレに流したのでした。すみません、飲めませんでした。常識に縛られた自分が憎い。世界中の人間が「このつまらぬ真面目人間め」と私をあざ笑っている。ガクリ。

敗北感に打ちひしがれ、トイレから抜け殻になって這い出た私は、清水玲子《しみずれいこ》の漫画を読んだのでした。清水玲子の描く、理性と知性で禁忌を打ち破る話、理性と知性ゆえに禁忌を越えられなかった話が私は好きだ。『22XX』と『MAGIC』（ともに白泉社）が読み切りでおすすめです。

いつか爆発して禁忌を犯すときがくるのかな。その理由が「健康のため」ではないことを切に願う、ロマンティストの私なのでした。

予知夢

屋上からは、対岸に建つ高層マンションの四隅に点滅する赤く滲んだ光が見える。今日は河から靄《もや》が立ち上り、学校の周りは柔らかく白濁していた。こうして金網を背にぺたりと座り込んでいるだけで、目には見えない水がからみついてくる。ふと頬に手をやって、肌がすでにしっとりと湿っていることに驚いた。

校庭のざわめきは大気中に充満した水滴に跳ね返り、どこか籠もってここまで届く。それを聞くともなしに聞きながらぼんやりとしていると、焦点の合っていない影絵のように誰かが近寄ってきた。

「残っている生徒は、各自教室に戻るように、とさ」

野球部の大島《おおしま》だ、と声から推測したときに、ちょうど河から寄せたぬるい風で靄が揺らぎ、ユニフォームを着た彼の姿がはっきり見えた。私は立ち上がり、湿ってわずかに重くなったスカートの襞《ひだ》を整える。

「また殺されたの」

「そのうち警察が来るだろう」

大島のその言葉を待ちかまえていたかのように、歪んだサイレンの音が近づく。白濁の中に、回転する赤い光がゆっくりと浸透した。

ドーナツ化現象で、この学校には百人たらずの生徒しかいない。誰もが顔見知りであるばかりか、お互いの家族構成や住んでいる場所なども、ほとんど知り尽くしている。そんな中で、一週間に一人ずつ生徒が殺されていく。この切迫した奇妙な事態に、私たちの感性は摩耗したのか、頭にまで靄がかかったまま曖昧な毎日をやりすごしていた。休校にしたらよさそうなものだが、いつまでたってもそうなる気配は感じられない。学校は無差別テロを盾に脅されていて、警察の指示もあり、人身御供《ひとみごくう》として生徒を捧げるために休校にしないのだと、まことしやかな噂が蔓延《まんえん》していた。最近では恐れをなして欠席する者も多い。しかし私には学校を休む気持ちはなかった。これは隠れ鬼のようなものだ。鬼に見つかったら、捧げ物になるしかない。捧げ物予備軍としてのスリルを味わうのが、隠れ鬼の醍醐味だ。安全地帯に逃げ込んでは、この一大イベントを体感することができない。

大島がどんな気持ちで未だに登校し、部活動にまで励んでいるのかはわからない。この異常事態にあくまでも彼は普段通りの態度をとおし、放課後にはユニフォームに着替える。大島は硬派で有名な野球部の部員でありながら、なぜか教職員に目をつけられやすかった。彼の髪の毛は長くもないし染めてもいないのに、教師は彼がいつか何かをやらかすと信じて見張っている。泰然とした彼の態度が、人の目を引き、疑惑を呼び起こすのかもしれない。事件が起こりはじめてから、彼は何度も警察の聴取を受けていた。

「最初に殺されたのは、『DEAR BOYS』を読んでいた三年生。先週が『BOYS BE』を読んでいた一年。おまえの予想では……」

「今週の人は『BE-BOPハイスクール』を読んでいて殺されたはずよ」

階段を下りながら、大島は顎に手をやる。

「果たしてその予想は合っているかな」

教室の戸を開けると、中には幼なじみの平太《へいた》しかいなかった。平太は私たちの足音を聞きつけて、ピョイと机から飛び降りた。

「予想が当たったぜ。さっき化学室で発見された子は、彼氏から借りた『BE-BO

Ｐハイスクール』を読んでいた」

　大島と私は顔を見合わせて唸った。

「さあ、次は何を読んでると殺される？」

「そうね……私の予想どおりだと、来週、『ハイスクール奇面組』で、このおかしな連続事件も打ち止めになるはずよ」

「なるほど。さすがに『奇面組』なんて頭についた題名の漫画はないだろうからね」

「『漫画タイトル殺人事件』も、来週の殺しで終わりか」

　平太はほっとしたように笑ったが、大島は厳しい顔のまましばらく黙りこくっていた。やがてゆっくりと腕を組み、私を見る。

「犯人は、おまえじゃないのか」

「まあ、何を根拠にそんな」

「おまえは自分の気にくわない漫画を読んでいる人間を、片っ端から殺しているんじゃないのか」

　おかしなことを。たしかに私は『ＢＯＹＳ　ＢＥ』は好きではない。青少年の育成において、百害あって一利なしの異性観を植え付けていると思う。どの少女も可愛く恥じらいながら、「ホントは俊夫《としお》のこと好きだったんだ」などと言ってくれると思ったら大間違いだ。しかしだからと言って、それを読んでいる人を殺すほど了見は狭くない。それに『奇面組』は好きだ。

「それならタイトルが『尻取り』になっているのは？　そうそう都合よく順番に、嫌いな漫画を読んでいる人がいるものかしら？」

「殺したい人間は先に決められているとしたら？」

平太がうろうろと歩き回る。

「殺した後で、カモフラージュのために漫画を死体の傍らに転がしておいたんだ」

「それだけでは私を犯人呼ばわりできないでしょ。誰よりも疑われているのは大島君じゃないの。その靴下の赤いシミはなに？」

「素振りをやると、かかとの皮が破けるんだ」

大島は付着した真新しく禍々《まがまが》しいものにややたじろいだ。さあ、本当にそれはあなたの血かしら？　私は嗤《わら》う。部活用に替えの靴下まで持ってくる大島君。学校中が疑心暗鬼になっているときに、隙を見せるなんて愚か者のすることよ。警官がどやどやと校舎内に入ってきた音がした。

夢の中でまで必死に漫画のタイトルをひねり出している私。

今日は鼻水とくしゃみの発作に襲われ、鼻のかみすぎで皮が剝《む》けてトナカイさん状態。三リットルくらい鼻水を流しながら、「これが血液だったら出血多量で死んでるな」と思う。そして、もしかして夢の中で肌が湿っていたのは、この怒濤《どとう》の鼻水の予知だったのではないかと思い当たった。ティッシュで押さえておかないと、とめどなく垂れ流れてしまうのだ。

苦肉の策として、ティッシュを鼻の下に荷造り用の紐で縛り付けて固定し、その上に防塵用マスクを装着した姿で働く。そうしたら諸般の事情によりアルバイト先におまわりさんがやってきて、ひとしきり、

「君、名前は。こっちも仕事で来てるんだよ」

「言えないの？　それじゃあ逮捕だな」

「自分のしたことには自分で責任取らなきゃ駄目だろう！」

などと（私に対してじゃないが）怒りを炸裂させる。ドラマみたいだ。防塵マスク姿で苦しい呼吸の下、私は初めて見るおまわりさんの取り調べの様子に笑いを禁じ得

ない。いくら不祥事が取り沙汰されようとも、威厳を保ち続けなければならない彼らの悲哀。

どうやら、夢でおまわりさんの登場まで予知していたようだ。勘の冴えが素晴らしいではないか。しかしいくら夢とは言え、このトリックまがいのものはなんとかならんのか。あまりにお粗末すぎて何がどうトリックなのかも判然としない。これぞアンチ・ミステリー（用語の誤用）。

花盛りの山

祖母が住んでいるのはM村の奥の奥にある、Nという集落である。隣の集落とは歩いて四十分は離れている、完全な陸の孤島だ。N集落の奥には、もう人の住んでいる所はない。この「どんづまり感」と地形は、まさに「地の果て」という形容にふさわしい。『屍鬼《しき》』（小野不由美《おのふゆみ》・新潮社《しんちょうしゃ》）を読んだときには、N集落を取材でもしたのかと思ったぐらいだ。

そして私がようやく祖母の家に到着したとき、村人達は『屍鬼』と同じように、次次と恐ろしい症状に襲われていたのである！　マスクをした村人が行き交い、ほうぼうの家からくしゃみの音が聞こえてくる……。そう、植林された山々に囲まれた村においては致死的な病が、のどかなN集落に蔓延しつつあったのだ。前日には雪まで降ったということだから、私はすっかり安心していた。忌まわしきツブツブからの優雅な逃避行となるはずの休暇が……。

「わてが小さかった頃には、花粉症の人なんてちいともおらなんだ」

祖母は努めて「私」という一人称を使おうとするが、気を抜くと「わて」になってしまう。

「もう視覚からして駄目」

私はティッシュの箱を抱えてうめく。なにしろ杉ばかりの山が、紅葉したかのように真っ赤に色づいているのだ。あれがすべて花粉の素かと思うと、もう鼻はむずむずし目はあぎあぎし喉はうりょうりょしてくる。祖母と私は炬燵に入って、無心にすき焼きを食べる。祖母は私のために、村で一軒しかない店（通称百貨店。売り場面積三畳ほど）に肉を注文し、町から仕入れてもらったのだった。ひとしきり肉を咀嚼《そしゃく》し、祖母は「そういえば」と言う。

「わたしのおばあさんが小学生の頃、学校に行く途中の山道で大きな地震に遭ったんやて」

「ほうほう」

「そうしたら杉の花粉がブワーッて舞い落ちてきて、そこらじゅう真っ白になったて、よく言うてはったわ」

おおお、なんだか腐海の森の中のナウシカみたいだ。なんとも幻想的で美しい光景ではあったろうが、しかしおばあちゃん。私は続けざまにくしゃみをした。人を実験台にしないでほしい。

「話聞いただけでもあかんのやろか」

祖母は面白そうに笑った。

さあ寝ようかという段になって、布団にもぐろうとした私に祖母はティッシュの箱を渡す。

「ほら、大事な彼氏忘れたで」

いやだー。こんな四角くて薄っぺらな彼氏なんて嫌だー。おばあちゃんの意地悪。いけず。いくら近所の人に「あんたとこの孫はまだ結婚せんの」と聞かれるからって、酷いわ。私なんて高校生の頃から、この村に来るたびに「あんたも早くおじいさんらに孫の顔見せんと」って言われてるんだから！　しかも見知らぬ村人に！　高校生で産むのはさすがに少し早いと思うが、良いのだろうか。しかしこの詮索攻撃にも耐えねばならない。「若い人たち」というと「五十代」の人間を指す驚異の高齢化社会においては、子供を産める年齢の女というのは珍重されるらしい。その結婚と出産には常に多大な関心が払われるのだ。

「『子供産め』ちゅうて、気張ってなんとか産めるのは高橋《たかはし》さんとこの嫁さんくらいや」

と、「おしだのみっちゃん」（と祖母は呼ぶ。やもめ）はN集落の未来を嘆く。それでも今のお年寄りは友達も周りにいるし、面倒を見てくれる近所の人もいるからいい。みっちゃんが本格的に老人になったときに、村にはその下の世代がほとんどいないのだ。みっちゃんはもしかしたら、地の果てのようなこの場所でたった一人で老後を過ごし、黙々と今までどおりの毎日を続けた後、誰にも気づかれぬままにある朝冷たくなっているのかもしれない。それはつまり、このN集落が終わる日なのだ。あとはもう、家も道も畑も田圃もお稲荷さんも山に埋もれていくしかない。

ロマンティックではあるけれど、少し寂しすぎるわねえ。私は「彼氏」でしきりに鼻をかみながら、なんとかこの場所の明るい未来を想像しようとした。しかし、N集落がすでに緩やかな時の流れに身を委ねるしかないことは、誰の目にも明らかなのだった。

翌朝、家の裏手に住むキミちゃんのところに、祖母と二人で遊びに行った。キミちゃんは祖母の幼なじみで、じゃりン子チエのおばあちゃんみたいな人だ。その日もドーナツを揚げてくれ、私はそれを食べながら、その家で飼われている巨大なウサギを眺めた。祖母とキミちゃんは機関銃のごとくしゃべりまくっている。

「わては腕がいとて（痛くて）かなわん」「わては腰や。最近はよう伸びんようになってきた」「そういえばあんたとこの兄さんは、竹をはめた（入れた）ようにピンッとしとったなあ」「せやったせやった」

話はとめどなく続き、近所の家の前日の夕飯（なぜか知っている）から娘時代のことまで（ここでは戦前の話も昨日のことのごとく語られる）、話題がマッハのスピードで移動しながら進むのだった。そしてふと、キミちゃんが声をひそめる。

「スミちゃん（祖母の名）、例のアレな。明日はどうや」

「明日は駄目や。まだこの子（私のことだ）がおるさかいに。明後日やな」

「ほうか。ほな明後日な。トミちゃんにも伝えとく」

怪しい。アレとはなんだ？　家に帰って問いつめる私に、祖母はやや言いよどんだ末に恥ずかしそうに言った。

「わてら、ハナをやってますんや」

「花？」

祖母はキミちゃんとトミちゃん（みんな八十代）と一緒に、日々花札に興じていたのだ。縁がすり減っている花札を見ながら、私はため息をついた。

「いくら賭けてるの？」

「お金は賭けけん。マッチの軸やな」

「ええー！　マッチの軸なのに週に三回、一回六時間も花札やってんの？」

祖母は満足そうに頷いた。

「お金を賭けんから続くんや。トミちゃんの息子は警察官だしな。ま、キミちゃんは『あんたとこの息子が踏み込んで来たら、逆にこっちが説教したる』って楽しみに待ってはるけど」

なんだか本当にじゃりン子チエの世界になってきた。彼女たちの旦那は死んでしまったか天理教に夢中かどちらかなので、ここぞとばかりに好きなことをしているらしい。

「それでな、わては花札やりながら一句ひねったんやで」

「ほうほう、どんな」

祖母は胸を張り高らかに言う。

「八十路越え　することもなく　花に凝る」

「ぎゃははは。傑作じゃん、おばあちゃん。季語は『花』かねえ」

「まあそうなるわな」

もしかしたらここは老人天国かもしれない。友だちとずっと仲良く同じ村で過ごし、年をとってからも花札で一緒に遊ぶなんて、夢のような老後だ。

昼のサイレンが山々に鳴り響き、向かいの家の犬がそれに合わせてサイレンそっくりに遠吠えした。天理教の太鼓が鳴り出し、炬燵での微睡《まどろ》みからさめたキミちゃんの旦那は、急いでお祈りに行っただろう。いつもどおりの今日は過ぎて、花粉症は村人の間に確実に広がっていき、なぜかやっぱりよその家の夕飯のおかずをみんなが把握しているのだった。

本屋で君を待っている

しょっぱなから宣伝で恐縮ですが、本が出たのでよかったら読んでみてください。私はまだ書店で並んでいるところを見たことがないのですが。売れに売れて品切れ！なわけは全然なく、むしろ逆のような気がするので、すみませんが根気よく本屋さんを探してください。詳しい情報は『ボイルドエッグズ・オンライン』(http://www.boiledeggs.com) をご覧ください。

それで、友人や親戚にはむりやり送りつけたのですが、みなさんちゃんと読んでくださり、丁寧な感想をいただいたりしました。どうもありがとうございます。一番多かった質問は、「西園寺《さいおんじ》さんて誰がモデルなの？」というもの。なまじ私を直接知っているものだから、なおさら登場人物を周囲の人にあてはめて読んでしまうのでしょう。ここで声を大にして申しますが、あの話はあくまで小説、フィクションです。べつに私はおじいさんとあんなことやこんなことをしたりはしないかもしれないし、K

談社に恨みもないこともない。ふふふ。

もう一つ多かったのは、「もし万が一、K談社から原稿依頼がくるようになったらどうするの?」でしたが、そんなにビッグになることはまずないので、それは捕らぬ狸の皮算用というもの。しかしそう聞かれて、ありえないと思いつつも私の心は揺れたのでした。ほら、人間て弱い生き物だから。

「そ、そりゃあビシッと断りますよ。『おたく(オタクだから相手のことはおたくと呼ぶ)になんか書けませんよ』なんつって」

「断っちゃうの? K談社からの原稿依頼を?」

「うう……まあ『三顧《さんこ》の礼《れい》』(オタクだから三国志《さんごくし》とかも一応チェック済み)の例もあるし、三度目には折れて、書いてあげてもいいけどさ」

「三回も足を運んでくれるわけないでしょ!」

ガーン。まあそりゃそうか。K談社のみなさん、原稿依頼は一回断られたからって諦めちゃいけませんよ。素直になれないシャイなあんちくしょうのために、三回は粘って依頼してくださいよ。ありえないと思いつつも、念のため劉備玄徳《りゅうびげんとく》に頭を下げられる諸葛孔明《しょかつこうめい》を夢想してみる。しかし私は地に足がついて根が生えてるほどだから

（いや、ホントに）、依頼なんてあるわけないと冷えた脳みそが判断。夢想は中断。反対に市谷《いちがや》に住むおばは、なんとか本が売れるようにと熱い販促活動を独自に繰り広げてくれている。私が思春期だったら、たぶん恥ずかしさのあまり死んでいたと思うけど、幸いそんな感じやすいお年頃は過ぎたので、ただただ赤面して他人のフリをするばかりである。

冒頭で、書店に自分の本が並んでいるのを見たことがない、と言ったが、ちょっと嘘だった。「行動的な休日」を心がけて珍しく外出した私は、おばと銀ブラ中だったのだが、その際、本屋の棚に二冊入っている背表紙を〇・五秒くらい目撃した。

「あっ、あそこに入荷してる……うれ（うれしいな、と思おうとしたのか、うれるといいな、と思おうとしたのか、今となってはわからない）」

と頭の中で思った瞬間には、その二冊をおばがガッと抜き取り、レジに持っていってしまっていた。もちろん後に残った隙間を眺めながら、私は呆然としたさ。

「お……おばさんにはあげたでしょ？　また買うの？（しかもなぜ二冊）」

「だって売れ残ってるじゃない。買わないと」

ううう、売れ残ってるだなんて不吉な。入荷したばかりよ、きっと。だれが買ってくれるのかしら、かわいい女の子かしら、ウフ。なーんて、その本は胸ときめかせながら待っていたところだったのに、希望を無惨に摘み取りおって。うぬぬ。しかしおばには逆らえないのだった。彼女は銀ブラ中ずっと、本を手に持って表紙が見えるように歩いた。聞くところによると、地下鉄の最後尾に乗って、やはり本を見せびらかしながら最前列まで車内を闊歩したりもしたそうだ。もう何も言うまい。歩く広告塔の役目は君に任せた！　効果のほどは疑わしいが、思う存分やってくれたまえ。

おばと私は銀座《ぎんざ》をさんざん練り歩き、デパートをくまなく見て回った。いったい何着試着をしたであろうか。十五着は軽くしたな。そしてそのうちの何着が履けず、何着が似合わず……いや、考えるのはよそう。とりあえず私は、アルバイトの時に良いかと思い、セール中の冬用作業ズボンを買った。満足である。どうして銀座のデパートでわざわざそんなものを買わなければいけないのかよくわからないけれど。

ちなみに、『本屋で君を待っている』という題名で何か耽美小説を書けないかと目論《もくろ》んだのだが、どうだろう。幻想小説コーナーの前に立つ美少年、とかね。それを密かに眺めている本屋の息子の健太《けんた》。美少年は健太の眼差しには気づかず、いつもビシッとスーツを着こなした迎えの男と共に、カルマンギアに乗って帰っていく。町内に本の配達をしている健太はすぐにピンときた。あの車は、著名な経済評論家の屋敷に停まっているものだ。健太はいつでも、屋敷を細心の注意を払って観察していたから、よく知っている。薔薇の薫る手入れされた広い庭。お仕着せの制服を身につけたお手伝いさんたち。そして、よく磨かれて車庫に並ぶ何台もの外車。あのスーツの男は、評論家の秘書をやっているらしい。屋敷の周辺で何度か見かけたことがある。経済評論家にあんな年頃の子供がいるとは聞いたことがないし、はたしてあの美少年は何者なのか……？　健太の心は羨望と欲望で千々に乱れるのであった。やめた方がよさそうだな、こんな話。

しかし長年（？）本を売る現場に立ってきたが、美少年の客を見かけたことがない気がする。美少年は本を読まないのかな。それとも本はじいやに言いつけて買ってきてもらうのかな。私に言ってくれれば、すぐに家まで配達してあげるのにぃ。

毛ガニくん

弟が急に、

「俺、足の甲にも毛が生えてんだよな」

と言い出す。見るとなるほど、甲の高くなっている部分にモジャモジャと毛が生えておる。スネ毛ならわかるけど足毛か、なんかヘンなのと笑ってしまった。

「相当毛深いやつでも、足の甲にまでは毛は生えてないんだよ。なんで俺、生えんのかな」

お年頃らしく、友だちの甲を見て統計を取っていたらしい。私は毛を見ながら「うーん、なんでかねえ」と考え込んだ。くだらないことには一致団結して知恵を絞ろうとする私たちだ。しかし私はハッとあることに気づき、知恵よりも欲望を優先させてしまった。

「あんた、その調子で胸毛は生えてないの?」

「生えてねえよ、そんなもん」

弟は「また始まった」とばかりに冷たい反応を示す。むむう。胸毛は「そんなもん」じゃないぞ。重要だぞ。

『イタリア人に胸毛が必要なように（アルマーニのスーツを着るため）、日本人には足の甲毛が必要だ（草履《ぞうり》を履いたときの威厳のため）』

ほーらね、やっぱり「足の甲毛」ってなんだかしっくりこないじゃない。むしろ間抜けな感じじゃない。「そんなもん」なのは胸毛じゃなくて足の甲毛の方よ。ぷんぷん。無駄なところに毛を生やしている暇があったら、とっとと胸毛を生やさんかい。しかし弟はまだ自分の足の甲を見つめている。だから私も言いたいことをグッと心にしまい、神妙に毛を眺めた。

「摩擦のせいじゃないかと思うんだよね」

と弟は自説を披露した。「バスケすると、甲が激しくこすれんの。その刺激で生えてくんじゃないかなあ」

「そうかしら」

私はその説には疑問を呈する。「冬になって、ジーンズとかばっかり履くようになるじゃない。そうすると、布で擦れるからなのか、スネ毛が薄くなるような気がするわよ」

弟はフフンと鼻で笑った。

「『こすれ』のレベルが違うよ。そんな中途半端な摩擦じゃないぜ」

「もう摩擦熱出ちゃうぐらいな？」

「そうそう」

「じゃあその勢いで胸も擦ってみてよ」

「だからどうしてそんなに胸毛にこだわるんだよ」

理由なんてないのさ。ただ君のこと好きなだけなのさ。ららら～。「好き」の理由なんか聞くのやめてよ、野暮ね。普段は「なんで好きなの。どこがどう好きなの。それ錯覚でしょ、きっと」と理詰め（？）のくせに、胸毛のことになると理性が蒸発しがち。蒸発しちゃってる私は放っておいて、弟は厳《おごそ》かにもう一つの説を提示する。

「もしかしてさ、ここまでスネの予定だったたんじゃないかな」

あまりに大胆な（ていうかズーズーしい）説に、さすがの私もちょっとたじろぐ。

「そ、それじゃあもうちょっと脚が長かったはずなわけね」

むむーん、と腕を組んだ私に、弟は我が意を得たりとばかりに頷いてみせた。

「今からだって、ここがスネになるかもしれないよな」

「はいはい、そうね」

こいつもわりと理性が飛んでるなあと思いながら、私は適当に相槌を打っておいた。

「きょうだい」ってもんが不思議でたまらない。なんなんだろうなと思う。弟が小さい頃は、無条件で慕ってきたり笑ったりするのがとても不安で、しょっちゅう気分にまかせていじめたり殴ったりしていた。だからなのか弟は私をあんまり好きではない。もう何年も私の名前を呼んでくれなくて、「ブタさん」と呼ぶ。ぶーぶー。それでも呼ばれると嬉しくて、「なあに、なあに」と言っちゃうんだけど。しかも何かっていうとすぐ弟に貢ごうとしてしまう。それは彼のためにも良くないし、冷静になってみると私の財布もいつもちっとも充実してないので、バリ島に豪邸を建ててやるとか、自家用ジェット機を買ってやるとかはしないんですが。マフラー買ったりTシャツ買ったりとかはしてしまう。それほど尽くしているのに弟ときたら、

「俺？　俺は結婚するよ」

なんてほざきやがる。なんであんただけまともに結婚しようとするのよ。ひどい裏

切りだわ。足の甲に毛が生えてるくせに生意気よ。私なんて結婚の「け」の字も思い浮かばない生活してるのに。

でもまあいいか。弟にも人並みの結婚願望があると知ったときから、私は人生に新たな喜びを見いだすことができた。弟の子どもたちに何をしてあげようかなあ、と想像するのだ。我ながら涙なくして自分を語れなくなってきた。なんて寂しいんだ、私。よよよ。でもちょびっと幸せ。

そう、きょうだいってこういうもんじゃないかなあ。寂しいけれど少し幸せな関係。強制と自発性。その微妙な配分。背徳の生まれる場所。恋人だともっと打算とかかけひきとか、ドロドロしたもんがあるんじゃなかろうか。友だちだと、寂しいというのとはちょっと違う。

とりあえず、弟が足の甲毛を剃ったりしないよう、目下鋭意監視中。だってせっかく珍しい毛が生えてるのにもったいないもん。そしてできれば、中途半端な毛が性根を入れ替えて、ちゃんとしかるべき位置（胸とか）に移動してくれますように。ちなみに弟によると、私は耳の裏にチョビチョビと毛が生えているらしい。自分では見えないからわからないのだが、発見されたときにはものすごく笑われた。もしかしたら足の甲毛は、私の耳裏毛の呪いで生えてきたのかもしれない。むやみに毛を笑うべからず、ということだろう。

「臆面がない」って許しがたい罪悪だ

まったく黄金週間に外をぶらついたりするべきではなく、しかしどうしても会いたい人に会うにはこの機を逃すわけにはいかず、いつもどおりしたいことを八割方はやりとげ満足ながらも腑に落ちぬことが一つだけあり。

友だちと『ザ・ビーチ』を見に行った（誓って言うがディカプリオ・ファンではありませぬ）。やっぱりヴァカンスと称して一カ月ぐらいダラダラする習慣のある人たちとは根本的に求めるものが違うのだなと納得。最初から、「ザ・ビーチ」が地上の楽園だとは私には思えなかったけれど（今にもカーツ大佐が出てきそうなんだもん）それはまあいい。

問題は映画にあるんじゃなくて、以下に挙げるアベック（死語）の会話にある。

会社の同僚で今日が初デート。まだお互いに相手を探り合ってる、って感じ。最初は海外出張の際に飛行機の中で飲む睡眠薬の話をしていたのだが、次に香水の話になった。

女が聞く。

「えー、太郎《たろう》さん（仮名）は何か香水つけてますぅ？」

「ん、俺？　俺はシャネルの『エゴイスト』」

この時点で私は腹の中で爆笑（内訳：はじける8・あざける2）していた。いるんだ。本当に『エゴイスト』をつけてる人っているんだ。なんか私のイメージだとレディースコミックとかで、やり手の若社長がつけてる。

「酔った勢いで一晩だけ共に過ごした彼。彼は私のことなんて……ああ、もう忘れてしまおう。彼の逞しい背も、ほのかに燻《くゆ》っていた『エゴイスト』の香りも……（でもそんな決意もするだけムダ。後で見合いの席に若社長が乗り込んでくるとポワーッてなっちゃって、『牧村《まきむら》君、君はあの夜のことを忘れたようだが、俺は忘れられない。俺と結婚してくれないか』『はい、社長』なんて差し出された花束受け取って涙ぐんだりして、あっけに取られる見合い相手（七三分けで眼鏡かけてるに決まってるんだ）を無視して二人で手に手を取って走ってっちゃうんだな）」

さあ、花子《はなこ》（仮名）。笑え。太郎を笑ってやれ。そう念じていたのに、女の方は特

に嫌味でもなんでもなく感心したように、

「まあ、太郎さんにピッタリって感じですよー、うふふ」

とかほざく。男の方もまんざらでもなさそうに、

「どういう意味だい？　酷いなあ。君は俺のこと誤解してるよ」

なんてキザったらしく言ってる。おお、いやだ。「俺は海外をまたにかけて活躍するバリバリの営業マン。ま、たまには強引な手も使うさ。エゴイストと取られても仕方がないな、フッ。でもノルマ達成のためには手段を選ばず。これが男ってもんだからな。君もそんな俺に惚れてるんだろう？」と悦に入ってる心が手に取るようにわかりますぞ。私は百万回くらい「ばかばかばかバカップル。いますぐその自販機が倒れて下敷きになってしまうがいい」と呪った（心狭いから。狭心症。ちがうか）。

私だったら相手が「俺はシャネルの『エゴイスト』」って言った時点で、素っ裸になってドジョウ掬いとかの宴会芸をしつつ、「ほーら、どうしたの。さあ、私についていらっしゃいよ。こわくないでちゅよー」とか嫌がらせしてやるのに。付き合うって本当に難しいことなのね。よく考えたらベストカップル賞を進呈したい二人なんだけど、でも悔しいからあげないもん。（ちなみに私のマックちゃんは、なぜか「つき

あう」をいの一番に「突き合う」と変換してくれやがる。持ち主の性格というか趣味というかそういうのを察して確実に反映させるとは、さすがマックちゃんだ。シャッポを脱ぐよ）

問題は、つけてる香水の名前を人に言うべきか否かということだ（いや、それ以外にも、はたしてこういうカップルを街にのさばらせておいていいのか、とかいろいろあるが）。特に『エゴイスト』とかって、言ったら終わりでしょう。

「つけてるよ（意味深に笑う）」

ぐらいに留めておきたい。「あとでな（ニヤッ）」というほのめかしがないと駄目だって。香水は立ちのぼる気配ですよ。自分だけが楽しむ気配。それを立ち入って知りたいと言うからには、それなりの覚悟はあるんだろうな、花子。俺は危険な男だぜ。エゴイストだし（ププッ）、人を人とも思わぬ所業を繰り返してきたものさ。今もオスローから戻ってきたばかりだ。鮭缶の買い付けを装って……まあいい。この話を君にすると、巻き込んでしまう可能性があるからな。これだけは言っておくと、いつでもシンジケートのやつらの目が光ってるということさ。(*)俺がゆっくりと眠れるのは、きっと墓に入ってからなんだろう。(*)わかるかい？　それでもいいって言うなら、来いよ、教えてやる。部屋は取ってあるんだ。（＊なんかハードボイルドって、一文の中で、係り結び（？）が微妙に呼応してない文章のような気がするのだがそれはやはり私が認識を誤ってるのか？）

ハッ、私ったら何を書いてるのかしら。小気味よいエセフェミ（似非フェミニストの意）ぶり。陳腐さでは太郎に引けを取らない自信があるので、そういうのが好きな女の子、ぜひ俺といい仲にならないかい？　ついに業《ごう》を煮やしてメディアミックスナンパに乗り出す俺様さ。

さてと、黄金週間も過ぎたし、もう外出する用事もなくなった。また家でダラダラ漫画読んですごすかな。

そして芸能プロダクションの名前は『ゲッセマネの園』

最近の男性アイドルに満足できない自分を発見した。

ジャ〇ーズ事務所はス〇ップぐらいから、「多目的アイドル」とも言えるオールマイティーな人材の育成に力を入れだした。今や、演技もすればバラエティーにも出るアイドルが主流だ。そりゃあ私だって堂本《どうもと》剛《つよし》は好きだ。しかし、心のどこかで囁く声がする。

「これでいいのか？　私はもっと徹底した『偶像』を欲しているのではないのか？」

つまり、私はアイドルの生の声など聞きたくないのだ。鉄壁の演出のもとにアイドルを見たいのだ。「素」っぽいバラエティーでの姿など死んでも見せず、あくまで顔と体と歌（しかも下手）で勝負するような、恥ずかしいほどキラキラしたアイドルを求めているのだ。

私の名前はシヴォンヌ三浦。死んだ父親が遺した小さな芸能プロダクションには、演歌歌手・高田幸三郎《たかだこうざぶろう》しかいない。ドサまわりに明け暮れ、所帯を持つことなど夢の夢。それでも高田はよくやってくれた。演歌一筋六十年。通算二七八曲、五一万八四二六枚を売り上げた。そんな彼も、社長だった私の父の死にすっかり弱気になり、近頃は引退を口にするようになった。それも当然だ。高田はそろそろ養老院に入ってもおかしくないぐらいの高齢だ。家にかかってくる電話もほとんどが墓地のセールスだとぼやいていた。高田には世話になったから、父亡きあと、私がなんとか彼の養老院代と墓地代ぐらいは用立ててやりたい。私はアイドルグループを育て上げて、業界に起死回生のなぐり込みをかけようと思う。

何人編成がいいだろうか。二人だと選択の幅が少ない。しかし三人だと絶対「添え物」みたいな人が出てくるんだ。それこそ『三枚目』と言うにふさわしい、数合わせ要員が。私のアイドルグループに無駄な人材は必要ない。四人がいいかしらね。ツアーでホテルに泊まるにしてもツイン二部屋で割り切れるし。五人だと、だれがシングルの部屋で寝るかで揉めちゃったりするからね。それにオバサン、オジサンに覚えてもらうには、あまり人数が多すぎるといけない。顔と名前が一致する限度はたぶん四人までだろう。四人編成に決定。あとはどういう子をスカウトするかだ。ただ漫然と原宿で人の流れを眺めていてもしかたない。どうせ似たような顔の子ばかりだろう。戦略を立てて、効果的な場所で効率よく声をかけることにした。

まず必要なのは、元気な美少年だ。これは大衆受けするために必須だろう。明るくてちょっと頭も軽めがいい。決して嫌味があってはいけない。こういうのはいそうでいない。高校サッカー大会の会場とか、湘南《しょうなん》の海岸とかを探し回ったあげく、ようやく理想的なさわやか少年を見つけた。ボクシング部所属の平井《ひらい》アキラだ。ニックネームはヘイちゃんということになった。彼には弟が三人もいて、世界チャンプになって金持ちになるのが夢という今どき珍しい子だった。ヘイちゃんぐらい目がぱっちりして可愛い顔が、殴られて腫れあがり歪んでしまうなんて、世界人類にとって大きな損失だ。世界チャンプになるよりアイドルになる方が手っ取り早く金を稼げると説得した。ヘイちゃんはこれまで誰かに説得されたことなどなかったので(彼はいつでも放っておかれていた)、私の言葉に素直に頷き、アイドルになると言った。

ぼんやりとしたところのあるヘイちゃんが、業界の海千山千どもに都合よく利用されてはたまらない。お目付役もできる人材が欲しかった。もちろん、澄んだ光を放つ夜半の月さえも恥じらい隠れてしまうほど、悪魔的に冴えた美しさを持った顔をしているのが望ましい。私は探しに探した。これはヘイちゃんの時よりも難航した。しかしついに、京都大学の学生食堂で理想の人物を発見した。東洋哲学科の三年生、坊《ぼう》城《じょう》和臣《かずおみ》だ。彼にはニックネームはいらないだろう。和臣でいい。「アイドルなのに京大生」。素晴らしい付加価値だ。クールな彼は、「学業に支障をきたさない範囲ならかましまへん」とおっとりとした京都弁で言った。「それになんだかおもしろそうや。ぼく、こんなにご飯ようけ食べる人しらんわ」三杯飯をかきこむヘイちゃんを、和臣は恭《うやうや》しく観察した。まるでヘイちゃんが、世界を救済するためにやってきた弥勒《みろく》菩薩《ぼさつ》でもあるかのように。

三人目はもう決まっていた。私の行きつけのホストクラブ、『紫《むらさき》の方程式《ほうていしき》』のナンバーワンホスト、浅井憲昭《あさいのりあき》だ。ニックネームはケンショウにしよう。浅井は今年で二十五歳と、アイドルにするにはややトウがたちすぎていた。しかし、精悍な面立ちとフェロモン垂れ流しの存在感、女あしらいのうまさは、このアイドルグループをただの無害なつまらない集団にしないために、ぜひとも欲しいものだった。むしろ、驚異的なことに、浅井にはホストにありがちな趣味の悪さがまったくなかった。選ぶ服も車も上品かつエッジがきいていて見事なものだった。アイドルというとどこか洗練されないセンスの服、という悪《あ》しき伝統を、浅井なら断ち切ってくれるだろう。

四人目には、浅井のアクの強さを中和してくれる、清涼な風のような人間を。私は血眼《ちまなこ》になって様々な伝統芸能を見て歩き、ついに文楽研修所にいる太夫候補生、白石《しらいし》孝志《たかし》に行き当たった。切れ長の目をした病弱そうな少年だ。白皙《はくせき》の美少年とは彼のためにある言葉だろうか。ニックネームはシロにしよう。白石は三味線の弦で切った指を軽くくわえ、滲んだ血を舐め取りながら興味深そうに私の背後の浅井を眺めた。この文楽研修所のことは、浅井の常連客である茶道の家元夫人の紹介で知ったのだ。「へえ、あなたがあのオバサンのお気に入りのホストか。そのうち家元が刃傷沙汰に及ぶから気をつけなよ。彼ったら俺にはしつこく言い寄ってくるくせに、自分の奥さんがホストクラブで遊ぶのは耐えられないっていう心の狭い人間だからさ」私は心に快哉《かいさい》を叫んだ。顔は綺麗で大人しそうなのに、性格は意地悪で毒舌。まさにアイドルだ。

こうして偶像の中の偶像、究極のアイドルグループは結成された。私は彼らに、『アイコノクラスト（偶像破壊論者）』というグループ名を与えた。なんて卓越したネーミングセンスだろうか。この四人ならば、ジャ○ーズ事務所の執拗な妨害にもきっと打ち勝って、日本一のアイドルになってくれるだろう。バラエティーには出演しない。歌とコンサートと下手な芝居（アイドル映画）で勝負だ。私生活はまったく闇に包まれている。「恋人と熱愛中！」なんてスクープされるヘマは絶対にしない。世の中には自分たち四人しか存在しないのだ、とばかりに仲間にだけは打ち解けてみせる（演技）。そういうときにたまに見せる心からの笑み（演技）に、少女達は簡単にノックアウトされる。アイドルの耐用年数なんて二、三年でいいのだ。次の人材にはことかかない。『アイコノクラスト』の活躍に引き寄せられて、飛んで火にいる夏の虫とばかりに全国からアイドル志願の少年達が押し寄せるのだから。

シヴォンヌ三浦の計画にはまったくぬかりはない。使用期間がすぎたアイドルをどうするかについても考えてある。売れなくなったらはいさようなら、ではあまりにも酷い。だから芸能プロダクションの傍ら、男向けホストクラブも経営する。二十代半ばぐらいになったら、アイドルは卒業してホスト（Ｆｏｒ　Ｍｅｎ）になってもらう。さまざまなタイプの、しかも見目麗しい男どもをご用意して貴男をお待ちしております。ホストクラブの名前は『捧《ささ》げられた薔薇《ばら》』。いいねえ。うん。だがまだ安心はできない。ホストも寄る年波には勝てぬ職業だ。でも大丈夫。六十歳ぐらいになったらホストクラブを定年退職して、養老院に入ればいい。そう、高田のために建てた養老院『流刑《るけい》シベリア』だ。恐山《おそれざん》の麓にある、老後を過ごすにふさわしい閑静なたたずまいの養老院。『アイコノクラスト』以降、プロダクションの売り出すアイドルは売れに売れて、高田の墓地代どころか広大な墓苑が買えるぐらい、養老院代どころか養老院を経営できるぐらい、どっさりと儲かったのだった。『流刑シベリア』に集う、元アイドル・元ホストの美ジジイたち。もちろん彼らは請われると、近所の老人ホームに出張サービスに赴く。そして恋など久しく忘れていたおばあちゃんたちに、死ぬ前にもう一度華やかな夢を見せる。その功徳《くどく》で美ジジイたちも極楽往生間違いなし。

芸能プロほど素敵な商売はない。

あとがき

一石二鳥の「まえがき」を狙ったはずなのに、なぜかというかやはりというか、「あとがき」も書くことになりました。私の仕事には遺漏《いろう》がありがちなのです。

そんな私を万全にフォローしてくださる、作家エージェント「ボイルドエッグズ」の村上達朗さん、いつもどうもありがとうございます。何かを書いてみたいと思う人は、村上さんに相談してみましょう！　詳しくは、「ボイルドエッグズ」のウェブマガジンを覗いてみてください。ハイクオリティーなエッセイや小説が並んでいます。その中に混じって、私のへなちょこエッセイもヨロヨロと連載中（のはず）。ちゃっかり自分の宣伝もした。遺漏なし。

「文庫にしませんか」とお声をかけてくださった、光文社の深草千尋さんにもお礼を申し上げます。エッセイの選定にはじまり、いろいろとご尽力くださり大変感謝しています。同い年ということもあって、楽しく打ち合わせできました。

土橋とし子さんに表紙を描いていただけると決まった時は、とても嬉しかったです。いきなりどこの馬の骨ともわからぬ人間の本の表紙をお願いして失礼しました。うく、かわいいよぅ……ぶしゅっ（鼻血。カバーラフを見て興奮したからか、今ホントに出てしまった）。土橋さん、デザイナーの日下潤一さん、本当にどうもありがとうございました。

勝手に登場させられて困惑気味、しかしいつでも私を支えてくれる、友人たち、アルバイト先の皆さま、家族の面々、ありがとうございます。これからもよろしくお願いします。

最後になりましたが、この本を読んでくださった皆さま、そして、ウェブマガジンで発表したときから読んでくださっている皆さまに、深くお礼申し上げます。

アカデミー賞方式で、のっけから謝辞の嵐にしてみましたがいかがでしたか。

最近の私は、肌身離さず「えんむすび」のお守りを持っているのですが、「えんむすび」の「えん」には「悪縁」も含まれるのではというご指摘を受け、この年になってようやく巡ってきた「えん」が「悪縁」だったらどうしたらいいのだろうか、小さなお守りに「えん」の善し悪しまで判別する機能はついていないだろう、やはり念には念を入れて「良縁むすび」のお守りを身につけておくべきか、などと煩悶しています。ホントは「悪縁」ですら喉から手が出るほど欲しいくせに。捕らぬ狸の皮算用ってやつですかい。

暑さ寒さも厳しかったり緩かったりする日々ですが、みなさまどうぞご自愛ください。

二〇〇〇年九月

三浦しをん

本書は一九九八年十一月十五日から二〇〇〇年六月四日まで、Boiled Eggs Online（http://www.boiledeggs.com）「しをんのしおり」に毎週掲載されたエッセイをもとに、加筆したものです。

二〇〇〇年十月　知恵の森文庫刊

光文社文庫

極《きわ》め道《みち》　爆裂エッセイ
著者　三《み》浦《うら》しをん

2007年6月1日　初版1刷発行
2009年1月20日　4刷発行

発行者　駒井稔
印刷　慶昌堂印刷
製本　榎本製本

発行所　株式会社　光文社
〒112-8011　東京都文京区音羽1-16-6
電話　(03)5395-8149　編集部
8114　販売部
8125　業務部

落丁本・乱丁本は業務部にご連絡くだされば、お取替えいたします。
ISBN978-4-334-74260-7　Printed in Japan

お願い　光文社文庫をお読みになって、いかがでございましたか。「読後の感想」を編集部あてに、ぜひお送りください。

このほか光文社文庫では、どんな本をお読みになりましたか。これから、どういう本をご希望ですか。

どの本も、誤植がないようつとめていますが、もしお気づきの点がございましたら、お教えください。ご職業、ご年齢などもお書きそえいただければ幸いです。当社の規定により本来の目的以外に使用せず、大切に扱わせていただきます。

光文社文庫編集部

光文社文庫　好評既刊

信州 湯の町殺しの哀歌　和久峻三
悪夢の女相続人　和久峻三
蛇姫荘殺人事件　和久峻三
ひまわり時計の殺人　和久峻三
あやつり法廷　和久峻三
死体の指にダイヤ　和久峻三
青森ねぶた火祭りの里殺人事件　和久峻三
京都大原 花散る里の殺人　和久峻三
南山城 古代ロマンの里殺人事件　和久峻三
首吊り判事　和久峻三
25時13分の首縊り　和久峻三
京都奥嵯峨 柚子の里殺人事件　和久峻三
祇園小唄殺人事件　和久峻三
倉敷殺人案内　和久峻三
嵯峨野 光源氏の里殺人事件　和久峻三
不倫判事　和久峻三
密会判事補のだまし絵　和久峻三

OKINAWA 宮古島の悪魔祓い　和久峻三
法廷の可憐な魔女　和久峻三
箱根古道殺しの宴　和久峻三
淫楽館の殺人　和久峻三
吉野山 千本桜殺人事件　和久峻三
推理小説作法　江戸川乱歩 松本清張 共編
推理小説入門　木々高太郎 有馬頼義 共編
龍馬の姉・乙女　阿井景子
高台院おね　阿井景子
信玄の正室　阿井景子
和宮お側日記　阿井景子
石川五右衛門（上・下）　赤木駿介
五右衛門妖戦記　朝松健
伝奇城　朝松健 えとう乱星
裏店とんぼ　稲葉稔
糸切れ凧　稲葉稔
うろこ雲　稲葉稔